MW01380779

# LA VECINA DE LA CALLE PARÍS

# La Vecina de la Calle París

MAURICIO I. PÉREZ

seminans

1a edición, abril 2023

LA VECINA DE LA CALLE PARÍS
Por Mauricio I. Pérez



www.seminans.org
ISBN: 9798391469551

Fotografía de la Portada:
Kseniya Kopna
*Mujer en túnica negra de pie al lado de una ventana y un espejo*



Impreso en los Estados Unidos de América

*A Lucy, con mucho cariño y eterno agradecimiento*
*por haber estado ahí cuando mi familia más te necesitaba.*

# PARTE 1

# UN AMARGO DESPERTAR

## ~ 1 ~

La cortina de su ventana ya estaba cerrada, pero la jaló de nuevo con su mano derecha, queriendo estar bien segura de que no se veía nada desde afuera. Tomó del centro de su armario una blusa blanca y una falda negra. Las extendió sobre el edredón blanco de su cama. Abrió el cajón de en medio de la cómoda y extrajo un paquete nuevo de medias negras, que arrojó al lado de las prendas que vestiría ese día. Era muy importante lucir formal y causar la mejor impresión. Volvió al armario y del lado derecho, buscó entre sus abrigos hasta encontrar un saco negro. Retiró la bolsa de plástico de la tintorería que todavía lo cubría y colocó el saco sobre el perchero. Abrió ahora la puerta del lado izquierdo y tomó de una repisa con desgano dos pares de zapatos negros de tacón, unos de charol y otros lisos con correa al talón. Optó por los segundos y los dejó caer a un costado de la cama.

Raquel se sentó entonces ante la luna de su tocador, se retiró el turbante que improvisaba con una toalla y con un cepillo comenzó a dar forma a su cabello castaño y ondulado, que llegaba un poco debajo de los hombros. Tomó su estuche de maquillaje. Se miró un instante en el espejo y una lágrima escurrió de su ojo derecho. La enjugó con un pañuelo desechable y comenzó a aplicarse la pintura.

Estaba por terminar, retocando el borde de sus labios, cuando entró apresurada Mariana, su hija de 8 años.

—¡Mami!

—Marianita, hija, ¿te vas al colegio?

—Sí, mami.

Raquel se quedó en silencio unos instantes, sintiendo que los ojos se le rasgaban. Su hija lo notó.

—Mami, ¿qué te pasa?

—Nada, hija, todo está bien.

Entró en la alcoba Elías Tanús, su esposo desde hacía 16 años. Sostenía en su antebrazo izquierdo el saco negro de su uniforme de piloto aviador y en la mano derecha la lonchera de Mariana.

—Marianita, despídete ya de mamá y sube al auto. Te alcanzo en un instante.

La niña dio un beso en la mejilla a su madre y corrió escaleras abajo, con esa agilidad que distingue a los niños.

—Raquel, cielo, todo va a estar bien. Estoy seguro de que así será, ya lo verás.

—Eso quiero pensar yo también, Elías. Pero ¿y si no? Serán 15 años lejos de ustedes. Cuando logre salir, Mariana será ya una adulta de 23… ¡habrá terminado la universidad! —exclamó, sintiendo un nudo en la garganta que se deshizo en llanto.

Elías dejó el saco y la lonchera sobre la cama, se puso de rodillas al lado de su esposa y la estrechó con fuerza, sintiendo su bata blanca de toalla humedecerle la camisa.

—Calma, cielo… Calma…

—¿Crees que Lizarrabengoa sabrá en verdad defenderme?

—Te lo aseguró tu amiga, Alejandra. Es un buen abogado y por eso nos lo recomendó.

Raquel logró controlar el llanto y despidió a su marido.

—Anda, ya estoy bien. Date prisa o llegará tarde Marianita al colegio. Yo me daré prisa en arreglarme para ir a misa de camino al juzgado.

—¿Te dará tiempo, mi vida?

—Por completo. Recuerda que la audiencia no comienza sino hasta las 12:00.

—Pero el abogado nos citó a las 11:30.

—Tendré tiempo de sobra. Necesito ir a misa esta mañana. Fue solo por eso que te pedí que llevaras tú a la niña al colegio. Anda ya. Allá nos vemos.

Elías le dio un beso en la mejilla y salió apresurado. Raquel se volvió hacia la luna y tomó de nuevo su lápiz labial, mirando de reojo el reloj despertador. Marcaba las 7:37. Debía darse prisa si quería llegar a tiempo a la misa de 8.

Elías entró corriendo de nuevo a la alcoba.

—¡Me olvidaba! —exclamó, tomando el saco y la lonchera que había dejado olvidados sobre la cama.

Raquel terminó de maquillarse pensando en lo afortunada que era teniendo un esposo como Elías. Sobre todo estos últimos meses, la había apoyado como nunca, en especial en los momentos en que sentía que todo se le derrumbaba.

Se vistió y bajó a toda prisa a la planta principal,

corriendo por la escalera llevando sus zapatos en los dedos de su mano izquierda y sosteniendo el pasamanos con la derecha. Los calzó en el vestíbulo y tomó el bolso negro de costumbre. Sintió un escalofrío en la espalda y lo dejó.

—¡No! Este bolso no. ¡Y menos hoy! —pensó en voz alta mientras corría por las escaleras a su habitación a buscar uno distinto.

Condujo a toda prisa su compacto de color azul metálico y lo aparcó al lado de la parroquia de Santa Catalina Labouré en punto de las 7:58. Recorrió a toda velocidad el atrio. Las apresuradas pisadas con sus zapatos de tacón hacían un eco peculiar que parecía rebotar en la fachada de la iglesia.

Le costó mucho trabajo prestar atención a las lecturas y a la homilía del padre Jesús Villaseñor. Con ansiedad, su mente quería y no que comenzara ya el temido juicio. A pesar de su distracción, le bastaba con estar allí, en la casa de Dios, esperando el momento de la comunión. Sabía que Jesús comprendería su angustia y disculparía que su cuerpo estuviera presente en la iglesia mientras su mente volaba vertiginosa en un torbellino de angustia, tristeza y enojo. Sobre todo, sabía que Jesús la fortalecería y por eso quería comulgar.

Al terminar la misa, se apostó al lado de la sacristía, esperando al sacerdote. Se abrió la puerta y Raquel dio un paso adelante, deseosa de hablar con el padre Villaseñor. Salió en cambio sor Humberta. Sus miradas se cruzaron. La monja frunció el ceño con desdén y Raquel no pudo sostenerle la mirada. Inclinó la cabeza esquivándola mientras la religiosa pasaba de largo.

Pasaron unos minutos más, que a Raquel le parecieron eternos. El presbítero no salía. Temiendo que se hubiera marchado ya por dentro de la iglesia misma, se animó a tocar a la puerta de la sacristía. Con un ligero rechinido, la abrió el padre Villaseñor.

—Buenos días, padre.

—Buenos días nos dé Dios, hija. ¿Qué se te ofrece?

—Verá… —inició dubitativa, perdiendo en ese instante la confianza con que se había animado a buscar al sacerdote.

—¿Sí? —inquirió el presbítero, contemplándola con sus ojos verdes.

—Pues… ¿tiene tiempo de conversar conmigo, padre Villaseñor? No sé si tenga que ocuparse en este momento. En verdad me es urgente hablar con un sacerdote.

Notando la aflicción que se dibujaba en su rostro, el presbítero le aseguró en un tono sereno,

—Por supuesto hija. Para eso estamos los sacerdotes. Acompáñame a mi oficina —le indicó, haciendo el ademán de que lo siguiera y comenzando a avanzar hacia el claustro, que había que cruzar para llegar a la oficina parroquial—. Pediré a sor Humberta que nos lleve una taza de té y unas pastas secas de las que hornean en su convento. ¿O prefieres un café?

—No hace falta, padre, estoy bien —rechazó, temiendo sobre todo un desdén más de la antipática monja—. Pero si usted gusta tomar un café, adelante. Imagino que estoy interrumpiendo su hora del desayuno.

—Faltaba más. Un té te caerá bien en estos momentos y cuando pruebes las pastas secas, verás que es imposible dejar de comerlas —le aseguró, esbozando una sonrisa con el afán de ganarse su confianza y así poder ayudarla a que le contara todo lo que la aquejaba.

El padre Jesús Villaseñor abrió la puerta de las oficinas parroquiales y dejó entrar por delante a Raquel. Luego ingresó él mismo, cerrando con cuidado la puerta, pues en más de una ocasión se habían quebrado sus cristales. Encaminó a Raquel a su oficina mientras indicaba en voz alta hacia la cocina,

—Sor Humberta, tenga la bondad de traer una taza de café y otra de té a mi oficina. ¡Ah! Y tráiganos también una bandeja con las pastas secas que trajo con usted esta mañana.

Hizo un ademán a Raquel invitándola a sentarse en una de las dos sillas para visitas frente a su escritorio. Él se sentó en su sillón. A sus espaldas, pendía de la pared una reproducción de *El Cristo de San Juan de la Cruz*, de Salvador Dalí, dando la impresión de flotar sobre el sacerdote, contemplándolo desde lo alto.

—Dime, hija. ¿Cómo te llamas? Te he visto pocas veces por aquí, aunque he notado que sueles venir con tu marido y con una niña.

—Me llamo Raquel, padre. Raquel Orozco de Tanús. Mi marido se llama Elías y nuestra hija, Mariana. Tiene 8 años. De hecho, está inscrita en el catecismo para hacer su primera comunión aquí, en la parroquia. Venimos a misa todos los domingos. Tal vez no nos ha visto tanto como a otros feligreses porque tenemos poco tiempo viviendo en la ciudad. Bueno… no tan poco. Ya son siete meses.

El sacerdote miró hacia la puerta, donde la religiosa aguardaba de pie con un pequeño carrito de servicio.

—¿Padre?

—Hermana, tenga la bondad.

Sor Humberta entró y colocó sobre el escritorio las dos tazas y en el centro, la bandeja con las pastas secas y unas servilletas. No pudo ocultar su sorpresa al ver que quien se entrevistaba con el párroco era la misma Raquel Tanús.

—Con su permiso, *padre* —remarcó con énfasis al cerrar la puerta, como para dejar claro que, de la señora, no se despedía.

—Tiene su temperamento la monjita… —explicó a Raquel el sacerdote guiñando un ojo, una vez que se retiró la religiosa.

—¡Ya lo creo! —consintió Raquel—. Con ese nombre, ha de estar resentida con la vida —pensó para sus adentros con sarcasmo.

—Toma tu té y unas pastas secas. Mira esas, las de forma de estrellita con azúcar granulada son las mejores.

Raquel no tenía apetito, pero hizo caso al sacerdote por cortesía. Tomó una galleta en forma de estrella y le dio una mordida. En efecto, tenía un sabor sensacional. Se deshacía en la boca al tiempo que los gránulos de azúcar crujían al masticarlos. Al final, quedaba un sutil resabio a mantequilla. El sacerdote tomó tres pastas con su mano izquierda y comenzó a saborear la primera.

—Muy bien, Raquel. Cuéntame. Es evidente que algo te aflige y que por eso quieres hablar conmigo. ¿Qué pasa, hija?

Raquel bajó la mirada y suspiró. Se quedó pensativa un momento, mientras el padre Villaseñor mascaba lentamente su segunda pasta seca.

—Verá, padre. Como le dije, llevamos aquí, en Buenaventura, siete meses. Vivíamos al norte de Costa del Sol, en Puerto Real. Elías, mi esposo, era piloto aviador. Luego de muchos años de volar, comenzó a tener problemas con su presión arterial. Los médicos le indicaron que no debía volar más. Era de los mejores pilotos, por lo que en su aerolínea no quisieron dejarlo ir y le ofrecieron la Dirección de Capacitación a Tripulaciones. El centro de adiestramiento y los simuladores están ubicados acá, en la capital del país, así que nos mudamos en verano. Llegamos el 4 de agosto…

# ~ 2 ~

Decidimos mudarnos en verano para tener tiempo de rentar o comprar una casa y buscar colegio para Mariana antes de que iniciara el ciclo escolar. La aerolínea nos daría hospedaje en un hotel solo por dos semanas y Elías debía presentarse a trabajar pasado ese tiempo, de modo que debíamos darnos prisa en conseguir nuestro propio lugar. Contacté desde Puerto Real un agente de bienes raíces en Buenaventura, el señor Lugo. Sabiendo qué tipo de casa nos interesaba, preparó una lista para que pudiéramos visitarla con él tan pronto llegáramos a la capital.

Luego de viajar dos días por carretera, llegamos acá un sábado por la tarde. El mismo lunes comenzamos a visitar las casas que el señor Lugo tenía en mente. Sentíamos la urgencia de hacernos de un lugar propio cuanto antes, pues una vez que Elías iniciara sus nuevas funciones, se volvería más complicado. Además, teníamos también que buscar colegio para Mariana, y este debía estar cerca de la casa. Visitamos cinco casas ese día, pero ninguna nos gustó. Dos requerían una grande inversión en reparaciones, dos quedaban muy lejos de las oficinas de la aerolínea y una más era demasiado grande y rebasaba nuestro presupuesto.

El día siguiente, nos citó el señor Lugo a media mañana para visitar otra casa. Era la penúltima en su lista y deseábamos que esta fuera la buena, pues las opciones inmediatas se agotaban. Llegamos a la calle París y buscamos el número 69, entre las avenidas Bruselas y Berlín. El agente nos esperaba en la acera.

—Buenos días, señor Lugo —saludó Elías a la vez que abría la portezuela posterior y retiraba el cinturón de seguridad del asiento para menores donde viajaba Mariana.

—¿Cómo está, Capitán Tanús? ¿Señora?

—Muy bien, muy bien... —respondí inspeccionando con la mirada las dos aceras de la cuadra. Las casas eran bonitas, todas de un estilo semejante, con techos de dos aguas y separadas entre sí por un jardín. Como todo agente de bienes raíces, Lugo era perspicaz y notó mi mirada.

—Como puede ver, señora Tanús, es una zona muy bonita. Además, de todas las que hemos visto, es la más segura. Su hija podrá salir a jugar en su bicicleta sin peligro. He conducido mi auto por esta calle pocos días antes de que ustedes llegaran a la ciudad y noté que hay varios niños entre los vecinos. Estoy seguro de que esta es la casa que ustedes buscan. Entremos a verla.

Era obvio que Lugo, además de perspicaz, era buen vendedor. Quería también asegurarse de cerrar esa venta antes de que se le agotaran las opciones que tenía preparadas. Mientras digitaba la clave para abrir el compartimento que contenía la llave para los visitantes, le pregunté:

—¿De modo que ya visitó usted esta casa?

—No, señora. Solo conduje por aquí para familiarizarme con el barrio. Quería estar seguro de que era un lugar adecuado para una familia, sabiendo que tienen una hija pequeña. En realidad, esta casa salió listada apenas el jueves pasado. Está recién puesta a la venta.

Al entrar notamos que había cajas de cartón vacías y papel para envolver tirados en el suelo. En la sala había un sillón y en la cocina, dos sillas, trastos en los gabinetes, latas de comida y cajas de cereal abiertas en la alacena.

—Por lo visto, somos los primeros en visitar la casa.

—Eso parece, señora. Disculpe esta basura —dijo, mientras intentaba recogerla—. Parece que los antiguos dueños salieron con prisa. Si no le interesan estos muebles que dejaron ni lo que hay en la cocina, puedo llamar a las Damas Vicentinas y enviarán una furgoneta a recoger todo y llevarlo a su centro de donaciones.

—¿Conoce usted a los dueños que venden la casa? Tal vez quieran pasar a recoger sus cosas, antes de que alguien más disponga de ellas.

—Me temo que no los conozco. Supe de esta casa porque apareció listada en nuestra base de datos. No la venden ellos directamente, sino a través de otro agente y hay una nota que indica que todo trato y comunicación se deben hacer exclusivamente con él. No hay manera de comunicarse con los dueños, así que podemos llamar a las vicentinas con confianza.

Esta misma tarde lo haré, para que envíen pronto su furgoneta y desocupen el espacio antes de que llegue la mudanza de ustedes.

—No tan de prisa, señor Lugo. No sabemos aún si compraremos esta casa. Apenas vamos entrando —aclaró mi marido.

—Es que estoy convencido de que les encantará. Ya verán que sí.

La casa era de dos plantas. El piso era de madera y no se veía muy gastado. Con una pulida sencilla, quedaría en buenas condiciones. La pintura de las paredes no requería de trabajo. La estancia era espaciosa, lo mismo que la cocina. Mariana había corrido de inmediato a la planta superior y desde allá nos llamó con emoción.

—¡Suban! ¡Tienen que ver esto!

Sonriendo, subimos juntos a alcanzarla, sabiendo que a los niños les emociona cualquier cosa que descubran.

—¡Este es mi cuarto! ¡Tiene pintado un castillo en la pared!

—Sin duda era esta la habitación de los niños —aseguró el agente con un dejo de erudición, aunque era eso más que obvio—. Qué bueno que te gusta, Marianita.

—¡Me encanta! Por favor, papá, compra esta casa, ¿sí?

—No sé… Tenemos que recorrerla por completo antes de decidir.

El piso superior era una especie de mezzanine. No era una planta completa. Las escaleras daban a un pasillo en forma de balcón semi rectangular. Al costado izquierdo se hallaba la alcoba principal, con su baño privado. En el pasillo central había dos habitaciones más pequeñas que las otras, pero aun así, espaciosas. En una, Elías podría montar el pequeño gimnasio que tanto anhelaba. En la otra, una sala de TV. En el costado derecho había otro baño, seguido por la habitación del castillo. Al recorrer la casa encontramos ropa, toallas, un par de floreros y varios libros por aquí y por allá. ¿Por qué habrán dejado tantas cosas detrás los dueños? Tal pareciera que se hubieran ido a las carreras.

—¿Qué dicen? —preguntó Lugo—. Es la casa ideal para ustedes, ¿cierto?

Elías y yo nos quedamos mirando. Mariana nos miraba a nosotros con esa mirada suplicante de los niños cuando quieren que un deseo se vuelva realidad. Elías levantó las cejas, animándome en silencio a que tomara yo la decisión.

—Creo que es una buena opción, Elías. Me gusta la casa y el señor Lugo dice que es un lugar seguro. ¿Hay colegios cercanos? ¿alguna iglesia por aquí? —pregunté mirando al agente.

—Hay dos colegios privados de muy buena fama muy cerca de aquí. A pocas cuadras, se encuentra la parroquia de Santa Catalina Labouré.

—Pues no se diga más. Claro, si los números nos cuadran. Pero esa decisión te la dejo ti, mi vida.

—Es una casa que entra en el presupuesto que ustedes me indicaron, señora. Si gustan, bajemos a la cocina para apoyarnos en su barra como escritorio y poder mostrarle los papeles a su esposo. Comprobarán que el precio es magnífico. De hecho, sorprendentemente barato para lo que vale una casa como estas. No crean que lo digo para presionarlos a comprar. Ustedes mismos comprobarán que el precio es ridículamente barato. A mí mismo me ha sorprendido.

Bajamos a la cocina mientras Mariana seguía

explorando cada rincón de la casa. Lugo mostró los papeles a Elías.

—Q470 mil quirinales. ¿Quién lo hubiera imaginado?

—Se lo dije, Capitán Tanús. Las casas que vimos ayer, salvo la última, rondaban los Q600 mil quirinales y eran de menor tamaño que esta. Además, está ubicada en una zona residencial mejor que las anteriores.

—Eso veo. Pues vaya que no solo la casa es perfecta para nuestras necesidades. Con este precio, podremos ahorrar muy buen dinero. Aunque…

El señor Lugo notó el titubeo de mi marido.

—¿Sí?

—Este precio tan bajo… ¿No se deberá a que la casa requiere de gran mantenimiento inmediato? ¿Algún desperfecto oculto en las tuberías o en la estructura?

—¡De ninguna manera, mi amigo! De ser así, ni siquiera hubiera considerado yo mismo agregar esta casa a nuestra lista. Aquí, en la carpeta de los documentos, puede ver el peritaje que mandó hacer el agente que tiene a su cargo la venta de este hogar. No se registra ningún daño en la estructura, en las tuberías ni en la instalación eléctrica. Tampoco se registra humedad oculta detrás de las paredes, pisos o plafones.

El agente de bienes raíces extendió el documento a Elías. Al tomarlo, sintió con sus dedos que detrás había otra hoja. Se trataba de la valuación catastral.

—Valor del inmueble estimado al 1 de agosto, ¡Q680 mil quirinales!

—Como puede ver, todo está más que en regla. Y la valuación es muy reciente, apenas este miércoles pasado, un día antes de que la casa fuera puesta en venta y apareciera listada en nuestra base de datos. Ustedes pagarán solo Q470 mil por ella. Claro, más los trámites acostumbrados, intereses de la hipoteca en sus pagos mensuales. Las comisiones por la compraventa al contado, que son el 6 por ciento del valor de la casa (3 por ciento para cada uno de los agentes, como es costumbre) están incluidas en el precio.

—¿Cómo pueden pedir tan poco sus dueños? Veo además que compraron esta casa en marzo de este mismo año. Vivieron aquí apenas cinco meses. ¿Por qué se habrán marchado tan pronto?

—En ocasiones, las familias tienen que salir intempestivamente de la ciudad, incluso del país, por razones de trabajo o por motivos familiares. Ante la urgencia, en estos casos malbaratan sus casas con tal de venderlas de inmediato.

—Tiene sentido. Me da curiosidad qué habrá orillado a la familia que vende la casa a dejarla tan repentinamente… Pero no se diga más. Pagaremos el 25 por ciento como enganche y el resto a plazo fijo por 30 años ¿Dónde firmamos?

Mientras Elías garabateaba su antefirma en las incontables hojas del contrato, me asomé por una puerta corrediza de cristal en la cocina. Daba al jardín que separaba nuestra casa de la de los vecinos. Había unos 30 metros entre nuestra casa y la de al lado. La división de los jardines estaba marcada por una barda de arbustos. Se veía la ventana de la cocina de la casa vecina y en la planta superior la que, según mis cálculos, era la ventana de la alcoba principal. Detrás de su cortina translúcida se dibujaba la silueta de una persona que al instante desapareció.

# ~ 3 ~

Una semana después llegaron dos camiones de mudanzas con todos los muebles y cajas que habían empacado en Puerto Real. Elías indicaba a los trabajadores donde colocar las cajas, identificándolas por las etiquetas adheridas a su exterior. Mientras, yo comenzaba a abrirlas para ir acomodando poco a poco nuestras pertenencias.

Una vez recibida toda la mudanza, Elías se dirigió al centro de capacitación de la aerolínea. Necesitaba hacer unos trámites a fin de poder iniciar sus funciones la semana siguiente. Quedándome sola con Mariana, me apresuré a abrir una par de cajas de juguetes para que la niña se entretuviera y me diera espacio para ocuparme con libertad de todo lo demás.

En nuestra alcoba comencé a sacar la ropa de las cajas de cartón y a colgarla en el armario. Sentí que faltaba luz y abrí por completo la cortina, que se encontraba entreabierta. Al recorrerla hasta el extremo izquierdo de la ventana, noté que en la ventana de enfrente, tras la cortina translúcida, se apreciaba de nuevo la silueta de una persona que se apartó al instante.

—Vaya —pensé en voz alta—. Seguramente a alguno de nuestros vecinos le da curiosidad saber quiénes han llegado. Ya tendremos oportunidad de conocernos.

Continuando mi tarea, escuché el timbre de la puerta. Dejé sobre la cama las prendas que tenía en ese momento en mis manos y bajé corriendo la escalera, preguntándome quién podría ser. Tal vez Elías había vuelto por algo que había olvidado, como era su costumbre, y quizás había dejado su llave y no podía entrar.

Abrí la puerta y encontré a una señora de unos 35 años con una niña que parecía de la misma edad que Mariana.

—Hola. Soy Blanca, tu vecina de enfrente. Esta es Norma, mi hija.

—Mucho gusto, Blanca. Yo soy Raquel, Raquel Orozco, o Raquel Tanús, de casada. ¿En qué puedo servirte?

—Solo hemos venido a presentarnos. Traigo para ti y tu familia un pay de manzana que horneé esta mañana para darles la bienvenida.

—¿En verdad? Te lo agradezco mucho. Es un gesto muy lindo de tu parte. ¿Gustan pasar? Estamos solas mi hija Mariana y yo. Ella tiene 8 años. Tu hija parece tener la misma edad, ¿no es así? De seguro querrán jugar juntas.

—Gracias —respondió Blanca entrando en la casa. Norma tiene 8 también, pero cumplirá los 9 en pocas semanas, apenas terminen las vacaciones de verano y vuelvan a clases. Tal vez quieran acompañarnos a su fiesta de cumpleaños. Haremos una carne asada en nuestro jardín y contrataremos algunos inflables para que los chicos brinquen y salten hasta que se cansen.

—Le diré a mi marido. Nos dará mucho gusto acompañarlos. Estamos recién llegados y no conocemos a nadie todavía. Él, por supuesto, comenzará a conocer a más personas tan pronto comience en su trabajo la próxima semana. Para Marianita y para mí será más difícil, aunque supongo que en su nueva escuela ella se hará pronto de amigos y yo podré conocer a algunas de las mamás a la salida de clases.

Llamé a mi hija y la presenté con Norma. Como siempre hacen las niñas, al instante se hicieron amigas y subieron a jugar juntas.

—Me alegra mucho que Mariana tenga con quién jugar. Nos preocupaba que le costara adaptarse al cambio de ciudad.

—¿De dónde vienen?

—Vivíamos en Puerto Real.

Nos sentamos en la barra de la cocina. Le conté a Blanca nuestra historia y los motivos que nos habían traído a Buenaventura mientras sacaba de la alacena unos platos y unas tazas para servir café.

—Tu pay se ve buenísimo. A Elías le fascina el pay de manzana. Dice que le recuerda a su mamá.

—Este lo preparo precisamente con la receta que me enseñó mamá. El secreto está en la costra. Se prepara triturando galletas de animalitos y mantequilla, mezclándole canela en polvo, un poco de sal y tres clavos de olor. Eso le da un sabor muy peculiar.

—Tendrás que enseñarme a prepararlo. ¿Te gustaría acompañar tu rebanada con una bola de helado de vainilla? Aunque venimos llegando y nos faltan muchas cosas en la despensa, ya tenemos helado de vainilla en la nevera. Elías no lo perdona.

—¡Por supuesto! El pay de manzana servido *à la mode* siempre sabe mejor. Sobre todo cuando el pay todavía está caliente, como este que saqué del horno hace poco.

Tomé de la nevera el litro de helado de vainilla y lo coloqué junto al fregadero, para abrirlo, pues estaba nuevo. Mientras lo hacía, alcancé a ver por la ventana que una vez más había alguien detrás de la cortina de la habitación principal de la casa del al lado. Miré con detenimiento y me pareció que la silueta pertenecía a una mujer. Una vez más, desapareció súbitamente, al parecer, al notar que me había fijado en ella.

Serví una bola de helado en cada plato, al lado de las rebanadas del pay de manzana que ya había cortado mi nueva amiga. Me sentaba bien tener con quién conversar.

Serví luego dos tazas de café caliente y las llevé a la barra. La temperatura tibia del pay recién horneado derretía sutilmente el borde de la bola de helado, haciendo que escurriera por el plato. Trinché un bocado del pay con la punta del tenedor y con su costado corté un trozo de helado. La mezcla de sabores era deliciosa. Se alcanzaba a percibir el calor de la manzana dulce mezclándose con lo frío del helado. La costra estaba muy buena, tal como había descrito Blanca. Luego di un sorbo a mi taza de café caliente. Su resabio amargo matizaba el sabor que habían dejado en mi paladar el pay de manzana y el helado de vainilla. Probar esa delicia era un placer sublime.

—¡Está exquisito, Blanca! Eres una estupenda repostera.

—La verdad es que es el único pay que sé hornear, pero siempre queda muy bueno. Por cierto, ¿ya inscribiste a Mariana en algún colegio? Las clases comienzan en tres semanas. Pasa a tercer año, ¿verdad?

—Sí, pasa a tercero. Aún no he visitado ningún colegio. Nuestro agente de bienes raíces nos comentó que hay dos escuelas privadas cerca de aquí. ¿En qué colegio estudia tu hijita?

—En el Colegio Hermitage. Es muy bueno, en verdad. Tiene una gran tradición en la ciudad. Todos lo conocen, al menos de nombre. Normita estudia en él porque Emilio, mi esposo, lo mismo que su padre y su abuelo, son exalumnos del Hermitage. Le tienen mucho cariño. Es un colegio católico, de hermanos maristas.

—¡Es justo lo que quiero para Mariana! Un colegio católico. Y los colegios maristas siempre tienen muy buena reputación.

—Yo puedo llevarte a conocer el colegio y presentarte con el hermano director. Si pusieran algún pero debido a que las inscripciones ya están cerradas, una llamada de mi suegro bastaría para que te abrieran las puertas. Él lleva una amistad con los maristas del Hermitage y además dona unas cuantas becas todos los años. Manuel Campos, el hermano director, es sumamente estricto, pero sabe también ser muy comprensivo y la situación de ustedes es especial. Estoy segura de que te querrá apoyar admitiendo a Mariana.

—Te lo agradeceré mucho, Blanca. Debo dar celeridad a ese trámite. ¿Crees que podrías acompañarme mañana o pasado, a más tardar?

—Cuenta con ello. Mañana mismo podemos ir para que resuelvas este pendiente de inmediato.

—Muchas gracias.

—Dime también si necesitas ayuda para desempacar tantas cajas —me ofreció mirando al derredor —. Podría ayudarte con todo lo de la cocina esta tarde, cuando Emilio vuelva a su trabajo después de la hora de la comida. Siempre come en casa. Por lo que veo, los dueños anteriores dejaron la tuya en muy buen estado.

—Gracias de nuevo por tu ayuda. Te la aceptaré con gusto pues es mucho lo que hay por desempacar. Como dices, encontramos la casa en muy buen estado. Incluso esas cortinas de la sala estaban ya ahí. Se ven casi nuevas.

—Sí, lo son. Noté que las pusieron un mes, quizás dos, antes de mudarse. Si te fijas, todas las casas de la calle tienen el ventanal de la sala sin cortinas. Ellos así lo tuvieron también unos meses y luego decidieron colocar las cortinas y tenerlas siempre cerradas.

—Qué curioso. ¿Tú los conociste?

—Por supuesto. Era un matrimonio con tres hijos, dos niños y una niña, que también era de la edad de Norma. No vivieron mucho tiempo aquí. Unos cinco o seis meses a lo sumo. Cuando llegaron eran muy sociables y hablaban con todos los vecinos, pero de repente se aislaron. Ya no hablaban con nadie y luego colocaron las cortinas. Hace dos semanas llegó de pronto un camión de mudanzas y se marcharon sin despedirse. En verdad me sorprendió mucho que la casa se haya vendido tan pronto.

—Y eso, ¿por qué?

—Me sorprende porque es poco común que una casa sea puesta en venta y tan pronto se vuelva a ocupar, en solo cuestión de días. Cuando se marcharon los dueños anteriores a ellos, la casa tardó en venderse unos cuatro o cinco meses.

—¿Conociste también a los dueños anteriores?

—Sí, también. Ellos llegaron un mes después que nosotros. Y ahora que recuerdo, también duraron poco tiempo en esta casa. Igualmente, unos cinco meses o seis máximo. Qué coincidencia…

—En verdad que es una coincidencia. ¡Espero que nosotros rompamos el récord y duremos en esta casa más de esos seis meses! —dije bromeando con una sonrisa.

—Estoy segura de que así será. Debo irme, Raquel. Tengo que preparar la comida para tenerla lista a tiempo para cuando llegue Emilio al medio día.

Llamé a las niñas para que Norma pudiera ir a casa con su mamá. Bajaron corriendo las escaleras. Venían felices. Blanca se dirigía a la puerta, pero su hija la detuvo.

—Mamá, espera. ¡Tienes que ver esto! Sube conmigo ¡Te te vas a sorprender!

Su mamá titubeó. Era la primera vez que entraba en la casa de sus vecinos nuevos y sentía que no tenía la confianza suficiente para subir a las habitaciones. Por eso es que había ofrecido ayudar solo con la cocina por lo pronto, ya que es un espacio menos íntimo.

—Se hace tarde, hija. Pero volveremos después de comer a ayudar a la mamá de Mariana y podrán ustedes seguir jugando.

—¡Qué bueno mamá! Mariana y yo ya somos amigas. Pero, en verdad, ¡sube conmigo! No tardaremos nada.

Viendo que Blanca no se animaba, presentí que se debía a la falta de confianza, así que apoyé a su hija.

—Anda, Blanca. Estás en tu casa. Además, si no subes, no se podrán ir nunca —le advertí guiñando un ojo.

—Está bien, subamos.

Norma condujo a su mamá de la mano por las escaleras. Mariana y yo seguíamos por detrás. La llevó hasta la habitación donde habían estado jugando.

—¡Mira! —exclamó señalando a la pared.

—¿A ti también te ha gustado el castillo? —le pregunté—. A Marianita le gustó mucho cuando lo descubrió.

—Es que, ¡es igualito al castillo que tiene Alicia en su habitación! ¿Ya viste, mamá?

—Tienes razón, Norma. Es igual que el de Alicia.

—¿Quién es Alicia? —le pregunté a Blanca.

—Es la hija menor de Talina, tu vecina de al lado.

—¿Tiene ella también un castillo así en su habitación?

—El mismo, tal cual. Y también tiene 8 años y estudia en el Hermitage.

—Por lo visto, esta es la casa de las coincidencias —dije, encogiéndome de hombros.

—Eso parece —consintió Blanca.

# ~ 4 ~

Los días siguientes pasaron muy deprisa. Seguimos ocupados con el desempaque y en trámites relacionados con el cambio de ciudad: nueva matrícula emitida por la ciudad de Buenaventura para el automóvil de Elías; comenzar a buscar un auto nuevo para mí; nuevas licencias de conducir; la inscripción de Mariana en el Hermitage, la cual aceptó el hermano marista sin poner pero alguno… Llegó por fin el primer día de trabajo para Elías en el Centro de Capacitación de Tripulaciones de South Wind Airlines. A Mariana le quedaba una semana de vacaciones antes de entrar a clases. Todas las tardes jugaba con su amiga Norma, a veces en nuestra casa y a veces en la de Blanca.

Elías llegó a casa cerca de las 9 de la noche.

—¿Se demoró su vuelo, Capitán Tanús?

—¡Puf! No sabes qué día. Lleno de juntas con los

instructores teóricos, con los instructores de los simuladores, con los que les dan mantenimiento, con las instructoras de las sobrecargos…

—Me imagino que sí. Pero algo me alegra, ¿sabes? A diferencia de tus años al timón de una aeronave, por mucho trabajo que tengas, todas las noches llegarás a dormir en casa, a mi lado. No más noches sola.

—Así será, cielo. No puedo negar que echaré mucho de menos volar. En verdad me apasionaba. Pero cuando estaba fuera de casa, en las pernoctas las extrañaba a ustedes y ya quería volver a casa.

—¿Comiste algo por allá? No me digas, las instructoras de las sobrecargos te habrán ofrecido pasta o pollo con sabor a avión.

Elías soltó una buena carcajada.

—¡Ese fue un buen chiste! Pero no, no he comido nada. ¡Ni siquiera me ofrecieron uno de esos microscópicos paquetes de maní que dan en los vuelos cortos! Solo tomé varias tazas de café. ¿Tienes algo para cenar?

—"Pasta o pollo", Capitán Tanús. Pase a la mesa y elija usted.

Sonriendo los dos, nos sentamos en la barra de la cocina. Es curioso como compra uno un comedor bonito un día y termina haciendo todas sus comidas en el desayunador de la cocina. Le serví a Elías un arroz salvaje con piñones y un trozo de salmón asado con mantequilla, pimienta y aceitunas manzanilla picadas.

—¡Mi plato favorito!

—Por eso mismo te lo preparé. Es una forma de celebrar tu primer día de trabajo.

—Eres muy detallista, mi cielo. Me gusta que seas así. ¿Tú no vas a cenar?

—Te acompaño con un té y galletas. Cené con Marianita antes de bañarla y llevarla a dormir.

Me preparé una taza de *rooibos* con canela y me senté frente a Elías. Conversábamos muy a gusto mientras cenábamos. Se escuchó ruido en el jardín y volteamos a la puerta corrediza de cristal.

—¿Qué fue eso? ¿Alcanzaste a ver? Tal vez haya sido un gato.

—No vi nada, Elías. Puede que sea un gato, como dices.

Me puse de pie y me acerqué a la puerta tratando de ver entre la oscuridad si había un gato en el jardín. No alcanzaba a ver nada. Levanté la mirada y allí estaba de nuevo, en la ventana de la casa de al lado, la mujer detrás de la cortina. Me la quedé mirando y esta vez no se apartó.

Me senté de nuevo en la barra de la cocina.

—Elías, ¿ves la ventana de arriba, en la casa de al lado?

Mi marido volteó hacia donde le indiqué.

—Sí… Parece que hay alguien detrás de la cortina… Sí, es una mujer.

—Todos los días mira hacia acá. Con bastante frecuencia la encuentro mirando hacia nuestra casa. Pareciera que nos estuviera vigilando. Al principio, no le di importancia, pero he notado que todos los días hace lo mismo, en varias ocasiones.

—Y, ¿por qué lo hará? Supongo que le da curiosidad cómo es la familia que será su vecina de ahora en adelante.

—Eso pensé también al principio. Los primeros días, tan pronto me daba cuenta de su presencia, al instante se apartaba de su ventana. Pero esta noche, por lo que veo, se ha quedado allí, observándonos con insistencia.

—Hay personas demasiado curiosas y también hay personas demasiado indiscretas.

—Así es. Esa ventana está exactamente frente a la de nuestra alcoba. Hay ocasiones en que me encuentro en ella y siento su mirada encima. Al voltear, descubro que, en efecto, esta allí, mirándome. Estos últimos días he optado por cerrar la cortina de la alcoba, aunque la he podido ver detrás de su cortina, cuando estoy en el jardín o aquí en la cocina.

—Vaya… Pues no deja de mirarnos —advirtió Elías mirando de reojo hacia la ventana indiscreta—. Si insiste en los próximos días, tal vez sea bueno que compres una cortina para cubrir esta ventana y tener privacidad mientras cenamos.

No dije nada, pero al escuchar la sugerencia de Elías, reparé en el hecho de que los dueños anteriores de esta casa habían colocado una cortina en el ventanal de la sala, según me contó Blanca, y ahora yo misma cerraba la cortina de mi alcoba. Creí comprender por fin el porqué de la cortina de la sala que ningún otro vecino tenía en su ventanal.

Elías me sacó de mi ensimismamiento,

—Cielo, no dejemos que una vecina fisgona arruine nuestra noche. He terminado de cenar. Subamos a la alcoba y descansemos. Solo asegúrate de cerrar la cortina, ¡No sea que vea de más!

Comenzó el año escolar y Mariana entró a clases. Era necesario comprar un auto para mí. El mío lo habíamos vendido en Puerto Real y necesitaba otro en Buenaventura para llevar y traer a mi hija del colegio, ir al supermercado y demás mandados. Por lo pronto, decidimos que llevaríamos juntos a la niña al

Hermitage, de ahí conduciríamos al centro de capacitación y volvería yo a casa en el auto. Por la tarde, iría con Mariana a recoger a su papá.

El primer día de clases, Elías tomó un taxi a su trabajo. Yo tenía que permanecer una hora en la escuela para la asamblea de bienvenida, conocer a la maestra de Mariana y comprar sus libros y útiles escolares.

Al volver a casa, encontré una mujer de pie junto a la entrada, intentando mirar al interior a través de una pequeña ventana vertical que se encontraba al lado de la puerta. Vestía ropa deportiva. Pensé que se trataba de una joven de unos 25 años. Cuando escuchó mi automóvil, se dio la vuelta. Parecía ser la vecina que se entretenía mirándonos desde su ventana. Me sorprendió que no era tan joven como pensé al verla por detrás. Era mayor que yo, de unos 50 años, pero con buen físico. Muy seguramente hacía mucho ejercicio y cuidaba su dieta. Su cabello lacio llegaba a los hombros y era ligeramente canoso, pero no se veía descuidado. Al contrario, le sentaban bien esas canas y su corte de cabello daba a su rostro cierto toque de elegancia.

—¡Buenos días! —me saludó con amabilidad—. Soy Talina Olmedo, tu vecina de al lado.

—Buenos días, Talina —le respondí al bajar del auto—. Me llamo Raquel… Raquel Tanús.

—Es un gusto conocerte, Raquel. He visto que llegaron hace un par de semanas. Disculpa que hasta ahora pueda venir a presentarme. Había estado ocupada y ya sabes, el tiempo vuela y de pronto se convierte en días. Pero no quise dejar pasar más tiempo. Ten, un pequeño obsequio de bienvenida.

Talina me extendió una caja grande de chocolates finos. Por lo visto, era amable. Tal vez, si acaso, era muy curiosa, pero había que darle el beneficio de la duda.

—Vengo llegando del colegio de mi hija. Estudia en el Hermitage.

—Magnífico colegio. Has hecho muy buena elección. Yo tengo dos hijas. La más pequeña, Alicia, estudia también en el Hermitage. La mayor, Yolanda, estudia la secundaria en el Liceo Latino.

—¡Qué agradable coincidencia! De seguro nuestras hijas se harán amigas muy pronto. ¿Gustas pasar? Estoy por desayunar y me dará gusto hacerlo contigo.

—Gracias, querida. No tengo mucho tiempo, pero con gusto puedo acompañarte unos minutos. Ya desayunaremos con calma en otra oportunidad.

—Entiendo. Adelante, pues —la invité, abriendo la puerta.

En efecto, Talina era demasiado curiosa. Entró mirando con detenimiento cada uno de los retratos que colgaban de la pared del vestíbulo.

—¿Es esta bebé tu niña?

—Sí. Se llama Mariana. Ya tiene 8 años.

—Y este apuesto piloto debe ser tu marido.

—Así es. Elías. Fue piloto por varios años. Ahora trabaja en el centro de capacitación de la aerolínea en que volaba, South Wind.

—Pues sí que es muy apuesto. Tiene todo el porte de un capitán de Lufthansa. Eres muy afortunada. Mi esposo se llama Rodrigo y trabaja en el corporativo de las tiendas departamentales El Palacio Inglés. Por cierto, el día que se te ofrezca algo de esas tiendas, dime y te acompaño. Tenemos una tarjeta de descuentos especiales para empleados.

Al pasar a la cocina, le ofrecí algo de tomar, sabiendo que no se quedaría para el desayuno.

—¿Tienes jugo de naranja?

—Por supuesto.

Puse dos vasos de cristal en la barra de la cocina y traje de la nevera un frasco de jugo. Mientras lo servía, llamó la atención de Talina el dije que siempre llevo al cuello: un círculo morado de amatista en forma de salvavidas.

—¡Qué bonito dije! No me digas, te lo trajo el apuesto capitán de alguno de sus viajes.

—No, en realidad no.

Talina no debió preguntarme por el dije. Al hacerlo tocó mis fibras más íntimas y me sentí repentinamente perturbada. Los ojos se me rasgaron.

—¿Estás bien, querida? Disculpa si he sido indiscreta.

—No te preocupes… Este dije es algo muy especial. Sí, me lo dio Elías, pero no lo trajo de un viaje. Tiene que ver con alguien que amo con todo mi corazón, pero que no puede estar más conmigo…

—¿Tu madre? ¿O tu padre?

—Mi mamá… Un día tuvo un dolor en el abdomen, le diagnosticaron cáncer en el páncreas y se nos fue en solo 10 días. Tiene poco, apenas cuatro meses. Quizás por eso me duele tanto todavía recordar lo que pasó… Este dije está diseñado para simbolizar la lucha de los pacientes contra el cáncer de páncreas y su esperanza de salir adelante. Me lo dio Elías apenas nos enteramos del diagnóstico de mamá, para que tuviera esperanza de que saldría adelante. Aun cuando la perdimos, siempre llevo el dije conmigo porque de alguna forma me recuerda la entereza y el amor con el que enfrentó la enfermedad y eso me da fortaleza y me hace sentirla cerca de mí.

No pude continuar. Rompí en llanto. Talina se colocó a mi lado y me estrechó con su brazo izquierdo.

—Ese dije representa entonces a tu mamá. ¡Qué belleza! ¿Sabes, Raquel? Nadie puede comprender lo que sientes mejor que yo. Yo también perdí a mi madre repentinamente por culpa del cáncer en el páncreas.

—¿En verdad?

—Sí, Raquel. Fue muy doloroso porque nos llevábamos muy bien. Me tomó varios años superarlo. Es más, creo que, en realidad, no lo he superado todavía. A veces sueño con ella, pero siempre tiene un rostro distinto y eso me exaspera, pues quisiera ver sus ojos y su sonrisa, al menos en sueños, y no puedo.

Brotaron lágrimas de los ojos de Talina. Me rodeó ahora con su brazo derecho y me abrazó. Las dos lloramos en silencio unos minutos. Nos tomamos luego de las manos.

—Como puedes ver, Raquel, tenemos mucho en común. Sabe que tienes en mí no una vecina, sino una amiga. Cualquier cosa que necesites, estoy a una puerta de distancia —ofreció, apretando con fuerza mis manos.

—Gracias, Talina. Me alegra conocerte. Estoy también a tus órdenes. Esta es tu casa. Por cierto, ¿conoces a Blanca, mi vecina de enfrente? Me comentó que tu hija menor tiene 8 años, igual que Mariana y que su hija, Norma. Seguramente podrán jugar juntas nuestras tres hijas.

—Por supuesto que conozco a Blanca. Norma y Alicia van juntas en la escuela. No son las mejores amigas, pero se llevan bien. En realidad, no juegan mucho entre ellas. Al menos no en nuestras casas, tal vez lo hagan en el colegio. A estas alturas, tu hija ya debe conocer a la mía. Estudian las dos el tercer grado.

—Tienes razón. Si no se conocen todavía, lo harán

a la hora del recreo.

—¿Planeas algo mañana por la mañana, Raquel?

—Salvo seguir poniendo en orden la casa, ninguno. ¡Ah!, Blanca quedó de venir a desayunar a las 9. ¿Gustas acompañarnos?

—A esa hora salgo del gimnasio. Voy todas las mañanas por dos horas. Mientras Rodrigo lleva a nuestras hijas a sus colegios de camino al trabajo, yo hago una hora de cardio, media de pesas y media en el vapor. Justo de ahí venía y me detuve en tu casa antes de llegar a la mía. Mañana seguiré mi rutina de siempre, pero puedo pasar a tu casa como hoy, saliendo del gimnasio, y tomar al menos un café con ustedes al final de su desayuno. Es más, ¿qué te parece si nos damos una escapada a El Palacio Inglés después y aprovechamos los descuentos de la tarjeta de mi marido? Siempre es buena terapia ir de compras, ¿no es así? Blanca puede venir con nosotras. De ahí, pasamos al Liceo y al Hermitage a recoger a nuestras hijas. Nos vamos en la van de Blanca y así cabremos bien las tres junto con las chicas.

—¡Me parece un plan magnífico! —acepté agradecida. En realidad, yo no necesitaba comprar nada, pero me fascinó la idea de hacer algo no con una, sino con mis dos nuevas amigas juntas.

Talina se despidió. Aunque habíamos llorado con dolor al recordar a nuestras madres, me quedé en paz. Me alegró descubrir que la vecina fisgona era en realidad una buena persona y que, a pesar de ser evidentemente muy curiosa, era la segunda amiga que hacía en Buenaventura. Aun cuando llevábamos solo unos días en la ciudad, la naciente amistad con Talina y Blanca hacía que comenzara a sentir que esta nueva casa era ya más bien un nuevo hogar.

Recogimos a Elías a las 6 y nos detuvimos en

Burger Wonder a cenar. Era el lugar favorito de Mariana porque siempre le obsequiaban un juguete con su hamburguesa y podía jugar en sus toboganes después de comer. Volvimos a casa y Elías vio un rato la TV mientras yo bañaba a la niña y la ponía a dormir.

Cuando se quedó dormida Mariana, bajé y encontré a Elías sentado en la barra de la cocina, trabajando en su computadora portátil.

—¿Te quedaste con pendientes del trabajo, mi vida?

—No, cielo. Sigo buscando un auto para ti. Me siento un poco mal de que tengas que conducir dos veces al día hasta el centro de capacitación, con todo lo que de por sí tienes que hacer en casa.

Elías era muy considerado. No me incomodaba tener que llevarlo y volver por la tarde para recogerlo. Aunque quizás, a la larga, sí comenzara a volverse pesado. Había mucho tráfico a la hora de la salida y Mariana no era tan paciente como yo. Era un hecho que volver a tener mi propio auto pronto sería lo mejor para todos.

Mientras él continuaba su búsqueda, me ocupé guardando en la alacena algunos víveres que compré esa tarde en el supermercado y le conté a Elías sobre la visita de Talina esa mañana.

—¿Sabes algo? La vecina de al lado vino a presentarse esta mañana.

—Y, ¿qué tal?

—Es muy amable. Me ha caído muy bien. No sé… de esas personas con las que uno conecta al instante.

Recordé los chocolates que me obsequió y los traje para convidarle a Elías. Sostuve la gran caja abierta para que eligiera alguno. Había chocolates en forma de caracol, otros de chocolate blanco en forma de concha, unos más cubiertos de papel de estaño color rojo, unos redondos rellenos de crema de naranja, otros ovalados rellenos de *nougat*, unos rectangulares con una almendra incrustada…

—¡Qué buenos se ven! No sé cual tomar, todos se me antojan…

Eligió el cubierto de papel de estaño rojo. Lo abrió y le dio una mordida.

—Pero, ¡qué delicia! No sé qué me ha gustado más, si el chocolate o el pay de manzana que nos obsequió la otra vecina.

—Blanca…

—Sí, ella. ¿Cómo se llama la vecina que conociste?

—Talina. Tiene dos hijas y la menor de ella es compañera de Marianita en el colegio. Es mayor que nosotros, le calculo unos 50 años. ¿Sabes? Su mamá también murió de cáncer en el páncreas.

—Vaya… —suspiró Elías, sabiendo que me afecta recordar la forma como perdí a mi mamá. A fin de cuentas, fue por eso que él mismo me regaló el dije que siempre llevo al cuello, para que de alguna forma sintiera que la llevo cerca de mí.

—Sí, mi vida. Esa es una de las razones por las que Talina y yo conectamos de esa forma tan instantánea. Las dos compartimos un sentimiento que no puede imaginar quien no ha vivido lo que nosotras.

—Me da gusto que comiences a hacer amigas, cielo. A decir verdad, me preocupaba que a ti te costara más trabajo adaptarte a Buenaventura que a Mariana y que a mí. A fin de cuentas yo haría algunos amigos entre mis compañeros de trabajo y Marianita haría lo mismo entre sus compañeros en el colegio. Pero para ti, en casa, sería más difícil. Al menos eso pensaba yo, aunque veo que estaba equivocado y eso me tranquiliza.

Definitivamente Elías me amaba y siempre estaba preocupado por mí. Mentiría si dijera que no me había dolido tener que dejar la ciudad donde había vivido toda mi vida, pero a la vez, me alegraba que el cambio de empleo de mi marido nos permitiría compartir más tiempo que nunca antes.

—Tu nueva amiga… ¿cómo dices que se llama?

—Talina.

—Pues tu amiga Talina es definitivamente muy curiosa. Está en su ventana, mirándonos como hacía anoche… De hecho, me está mirando más bien a mí, porque tú has estado apartada de la cocina todo este tiempo. Ya lleva un buen rato allí.

Me asomé por la puerta de cristal que daba al jardín y comprobé que allí estaba Talina. Ya no detrás de la cortina como antes. La saludé con la mano y me devolvió el saludo con una sonrisa.

Continué guardando la despensa. Luego de un rato, Elías insistió,

—Cielo, tu amiga sigue montando guardia. No deja de observarme. ¿No tiene otra cosa que hacer? —cuestionó en un tono serio. Era evidente que se sentía incómodo e irritado.

# ~ 5 ~

Al día siguiente, Talina vino a casa cuando Blanca y yo recogíamos los platos de nuestro desayuno. Nada sofisticado: huevos revueltos con jamón, pan tostado con mermelada de fresa y café.

—Disculpen la demora, queridas. Había quedado con Raquel de alcanzarlas y tomar al menos un café con ustedes, pero preferí ir a casa directo del gimnasio para arreglarme. No podría salir de compras con ustedes en ropa deportiva.

Talina se veía distinta que el día anterior, cuando me visitó en ropa deportiva. Vestía ahora una blusa de punto y manga larga color mostaza, un pescador negro bastante entallado y unas sandalias con un tacón tan alto, que yo me hubiera caído si intentara caminar con ellas. Su atuendo y calzado me recordaron las muñecas Barbie originales. Nos saludó con un beso y percibí el aroma de su perfume Allure de Chanel.

Blanca nos llevó en su van a Las Palmeras, una plaza comercial al aire libre. A lo largo de su atrio, se desplegaba un largo espejo de agua flanqueado por palmeras. Supuse que de ahí el nombre del lugar. Había tiendas de las cadenas de prestigio, zapaterías, boutiques, una librería, un cine y sitios para comer.

—Cuando tengas algo que celebrar con tu apuesto capitán, pídele que te invite a cenar en aquel restaurante.

—¿Los Búhos?

—Talina tiene razón —reafirmó Blanca. Es un restaurante caro, pero vale la pena. Además, aquí acostumbran venir las luminarias de la farándula y la política. Es común cenar cerca de una que otra celebridad.

—Tomaré en cuenta su consejo —agradecí.

El Palacio Inglés se encontraba al fondo del atrio. Una gran tienda de almacén de cinco pisos. En el sótano, una juguetería inmensa con un carrusel para los chicos, el departamento de ropa deportiva y una dulcería de la que emanaba un aroma a galletas recién horneadas. En la planta baja, la joyería, la perfumería con su arcoíris de aromas que se percibían al pasar y el departamento de caballeros. En el primer piso, la ropa para niñas, entre árboles artificiales que sostenían casitas del árbol donde ellas podían escalar. También se encontraba la ropa para niños, rodeada por una pista de carreras que emulaba un autódromo donde los chicos podían circular en triciclos y coches de pedales. La siguiente planta la ocupaba la ropa para jovencitas, con la ropa exhibida entre la penumbra que era iluminada por una gran esfera de espejos que pendía del techo y giraba mientras música disco ambientaba el lugar.

—¡Qué tienda más formidable! En Puerto Real hay una sucursal, pero no es tan bonita ni entretenida como esta.

—¿Verdad que es linda la tienda de mi marido? —preguntó Talina con orgullo, como si su esposo fuera el dueño.

Subimos un piso más por la escalera eléctrica y llegamos al departamento de ropa para damas. Había todavía un nivel más, que ocupaba la mueblería y los aparatos electrónicos, pero ya no llegamos.

Nos detuvimos en la zapatería. Era grande y estaba distribuida entre pisos, con cómodos taburetes esparcidos al azar donde sentarse para probarse el calzado.

Llevaba yo unos zuecos rojos, que dejé a un lado de uno de los taburetes para probarme unas zapatillas verdes de tacón alto con correa al talón que llamaron mi atención. Caminé hacia un espejo para ver cómo lucían. Me gustaron y decidí que las compraría. Al volver al taburete donde había dejado mis zuecos, vi que Talina se los había puesto.

—Qué coincidencia. Parece que calzamos del mismo número —advirtió—. Y vaya que son cómodos tus zuecos. Siempre pensé que este tipo de zapatos eran incómodos por sus duras suelas de madera.

—Pues ya ves que no —le respondí, haciéndole un ademán señalándole que me los devolviera.

El resto de la mañana se nos fue viendo prendas, eligiendo varias, probándonoslas en el vestuario y dejando la mayoría. De forma espontánea, éramos las jueces más severas entre nosotras. Si alguna se probaba una prenda y sentía que no le gustaba, las otras dos se encargaban de dejárselo claro con más contundencia todavía. Por igual, cuando algo era del agrado de alguna, las otras dos la animaban a comprarla sin pensarlo más.

Encontré un vestido azul, que en el costado derecho era atravesado por un triángulo negro. Me gustó bastante, así que entré con él al vestuario. Antes de entrar, Talina ofreció cuidar de mi bolso. Era negro de piel con un valor sentimental muy especial, pues fue el último obsequio de cumpleaños que me dio mi mamá, unos meses atrás, poco antes de morir.

—Bonito bolso, Raquel… —expresó, mirándolo con detenimiento.

—Gracias. Un obsequio de mamá…

Entré en el vestuario y me puse el vestido. Según yo, me iba bien al mirarme en el espejo, pero preferí pasar por la lupa de las otras dos. Ellas me confirmarían si se me veía bien o me destrozarían en mil pedazos con sus críticas.

Las dos me esperaban sentadas en una banca con las piernas extendidas. Estaban ya cansadas luego de tantas entradas y salidas al vestuario. Al verme, se pusieron de pie al instante.

—¡Qué bien luces en ese vestido, querida! —aprobó Talina, tomándome de los hombros y girándome para verme al derecho y al revés.

—Definitivamente tienes que llevártelo, Raquel —confirmó Blanca.

Ante la vehemencia de las dos, decidí comprarlo.

—No se hable más. Me lo llevo. Lo estrenaré este domingo cuando vayamos a misa.

—Hablando de misa, ¿ya hizo la primera comunión Marianita, Raquel?

—Aún no. En Puerto Real los chicos que asisten a los colegios católicos suelen hacerla cuando van en tercer grado.

—Por eso mismo te lo preguntaba. Acá es también

esa la costumbre y el catecismo inicia al mismo tiempo que las clases en los colegios. Tal vez quieras aprovechar en la parroquia e inscribir a Marianita al catecismo después de misa. Norma ya está inscrita ¿Tú ya apuntaste a Alicia, Talina?

—No… No lo había pensado… Sabes que yo no soy una persona muy religiosa que digamos. Si Alicia estudia en una escuela católica es más bien por su papá. Pero si Raquel inscribe a su hija al catecismo este año, entonces yo también anotaré a la mía.

—Sí, por supuesto que yo sí inscribiré a Mariana. Te agradezco que me lo hayas sugerido, Blanca.

—Entonces es definitivo. Si tú lo haces, yo también.

—Vaya, vaya, vaya… Con que si Raquel inscribe a su hija entonces inscribes tú a la tuya… ¿Y dónde quedo yo? ¿Por qué no inscribes a Alicia por el hecho de que yo inscribiré a Norma? —se quejó Blanca en un tono sarcástico, pero al mismo tiempo jocoso.

—No te vas a poner celosa, querida —se defendió Talina en el mismo tono sarcástico y jocoso.

Ambas se rieron, aunque reconozco que, por alguna razón extraña, me sentí un tanto cuanto incómoda cuando escuché la queja de Blanca y todavía más con la respuesta de Talina.

Pagamos nuestras compras aprovechando la tarjeta de descuento para empleados y familiares que llevaba Talina en su cartera y salimos del almacén. Caminábamos hacia el estacionamiento al lado del largo espejo de agua cuando comenzó a sonar la *Canción de la India* de Rimsky-Korsakoff. Al mismo tiempo, chorros de agua brotaron de unas fuentes que surcaban el espejo de agua por la mitad, danzando al ritmo de la melodía. Vimos una banca de metal desocupada y nos sentamos a contemplar el espectáculo. Los chorros de agua iban y venían, ora más altos, ora más bajos, muy bien sincronizados con la música.

—De noche luce más bonito el espectáculo porque los chorros de agua se iluminan de colores —me explicó Blanca.

De camino a recoger a nuestras hijas de sus colegios en la van de Talina, Blanca nos recordó la invitación que había hecho días atrás:

—Amigas, les recuerdo que este domingo festejaremos en casa el cumpleaños de Norma. Las esperamos con sus hijas y sus maridos a partir de las 2.

—La verdad es que no creo que nosotros podamos asistir, querida —se disculpó Talina.

—No te preocupes. Guardaré unas rebanadas de pastel para ustedes y pasaré a dejártelas por la noche. Ustedes sí vienen, ¿verdad Raquel?

—Lo tenemos más que presente. Allá estaremos sin falta.

—¿Tú si vas a la fiesta, Raquel? Entonces yo también. Blanca, cuenta con nosotros.

—Pensé que no asistirían.

—Teníamos otro compromiso, pero si Raquel va al cumpleaños, definitivamente, yo también.

## ~ 6 ~

Me despertó un tibio rayo de sol que penetró por una rendija que había dejado la cortina de mi ventana. Era domingo. Elías ya se había levantado. Un día antes le entregaron los aparatos de un gimnasio que decidió montar en uno de los dos cuartos vacíos del piso superior. Había comenzado con la tarea muy ilusionado, pero la dejó a medias por la noche. Como un niño que había recibido un juguete nuevo, se levantó temprano para continuar armando su gimnasio y poder estrenarlo cuanto antes. Recorrí la cortina por completo y miré a Mariana jugando en el jardín. Abrí la ventana y la llamé. Debía darme prisa en arreglarla para preparar el desayuno y después arreglarme yo para ir a misa. Estrené mi vestido azul con el triángulo negro al costado, como tenía previsto. La parroquia de Santa Catalina Labouré estaba a unas cuadras, así que podíamos ir a pie.

La misa de las 10 era celebrada por el padre Miguel. Un sacerdote de unos 65 años, regordete y muy sonriente. Sus gruesas gafas de armazón negro distorsionaban la forma de sus ojos cuando lo saludábamos de cerca. Había otra misa a las 12, que celebraba usted, padre Villaseñor. Preferíamos asistir a las 10 porque así nos acostumbramos desde que nos casamos. Ya nos habíamos presentado con el padre Miguel, pero con usted no habíamos coincidido.

Salimos de misa. En el atrio, me miró Elías y expresó:

—Qué bonito tu vestido, cielo. Se te ve muy bien. Te hace lucir muy bonita.

—Qué bueno que te gusta, mi vida.

Caminé con Mariana por el atrio a un edificio donde se encontraba el salón parroquial y los salones para el catecismo. Elías prefirió quedarse comprando gelatinas y bizcochos en un puesto que atendían unas monjas todos los domingos. Siempre les compraba algo, según me decía, para ayudar a su convento. Aunque yo bien sabía que lo hacía por goloso.

En la puerta de uno de los salones había un letrero escrito a mano con plumón sobre una cartulina rosa, "CATECISMO DE PRIMERA COMUNIÓN - INSCRIPCIONES".

Nos recibió una señora de cabello rubio teñido. Habrá tenido unos 70 años.

—Buenos días —saludé—. Vengo a inscribir a mi hija al catecismo. ¿Es usted la catequista?

—Buenos días, señora. Soy Estela, la coordinadora del catecismo. A decir verdad, yo soy aquí la coordinadora de todo: del catecismo, de los monaguillos, de los lectores, de los ministros extraordinarios de la comunión, de las señoras que arreglan las flores del altar… Usted sabe. Alguien tiene que poner el orden.

—Mucho gusto, señora Estela. Soy Raquel y mi hija, Mariana.

—Todos me llaman "Estelita".

—Estelita, ¿me puede ayudar a inscribir a mi hija?

—Pase al salón y hable con sor Humberta. Es una de las catequistas. Le ayuda sor Engracia, pero ella es una de las cocineras del convento y en este momento atiende el puesto de la monjitas en el atrio.

Entramos al salón y vi en el escritorio al frente de los pupitres a una monja con hábito blanco y tocado negro. Algo escribía en una hoja. Al escuchar nuestros pasos, levantó la cabeza y me miró fijamente a los ojos, con una mirada severa. Con el tocado, era difícil atinar a su edad. Su voz era la de una persona mayor y su rostro tenía algunas arrugas. Tenía una nariz prominente bastante peculiar. Por un instante pensé que solo le faltaba una escoba, pero de inmediato me arrepentí. A fin de cuentas, se trataba de una religiosa y merecía mi respeto.

—Buenos días, sor Humberta. Vengo a inscribir a mi hija Mariana al catecismo, para que haga su primera comunión.

La monja se quedó callada, mirando a Marianita de arriba abajo, lentamente, como examinándola a ojo para ver si podía ser admitida a su clase.

—¿Nombre completo de la niña?

—Mariana Tanús Orozco.

—¿Domicilio?

—Calle París 69. Vivimos a unas cuadras de aquí.

—La distancia no importa. Con que sea puntual, basta. ¿Edad?

—8 años, hermana.

—¿En qué grado estudia?

—Va en tercero, con los maristas, en el Hermitage.

—No le pregunté en qué colegio.

—Disculpe, hermana.

—¿Está bautizada?

—Por supuesto.

—Necesito ver su fe de bautismo.

No contaba con eso. Necesitaba buscar el documento y todavía había varias cosas en cajas tras la mudanza.

—Disculpe hermana, no la tengo conmigo.

—Pues tráigala —ordenó con un dejo de impaciencia. Su actitud comenzaba a irritarme. Me recordaba a la madre superiora de mi secundaria.

—Lo haré con mucho gusto. Verá, recién nos mudamos a Buenaventura. Vivíamos en Puerto Real. Todavía tenemos cajas de la mudanza por abrir. En alguna está el documento que me pide.

La monja miró al techo y suspiró con impaciencia. Luego continuó con su cuestionario, que más parecía interrogatorio de un ministerio público.

—¿Dónde está el papá de la niña? ¿Por qué no viene con ustedes?

—Se quedó en el atrio —respondí esta vez con sequedad. Comenzaba a perder la paciencia—. *Todos los domingos* se detiene a comprar cosas a las hermanas de su congregación para *ayudar* a sostener su convento y sus obras.

La religiosa suavizó entonces su actitud.

—¿Quieres hacer tu primera comunión, niña? —preguntó a Mariana.

—Sí.

—Comenzamos el próximo sábado. Las clases inician a las 4. Por favor, sean puntuales.

—Aquí estaremos, hermana.

Al salir del salón, encontramos a Estelita conversando con una religiosa muy joven y con una señora en sus cuarentas, de mediana estatura, delgada y cabello castaño sostenido con una diadema.

—Les presento a sor Engracia y a Alejandra Zárate. Son nuestras catequistas —dijo Estelita.

Alejandra me extendió la mano con amabilidad. Sor Engracia, con una sonrisa muy afable, nos saludó.

—Mucho gusto, señora.

Luego se inclinó a la altura del rostro de Marianita.

—Hola, linda. ¿Así que tú serás mi alumna? Me da mucho gusto conocerte.

La actitud de la hermana Engracia era el reverso de la medalla de sor Humberta. Eso me tranquilizó. Me inquietaba que una monja tan severa fuera la catequista de mi hija. Tuve compañeras de escuela que acabaron alejándose de la Iglesia por los malos tratos que recibieron de alguna de las monjas. Gracias a Dios, yo siempre tuve por maestras a religiosas con una gran vocación, muy cariñosas y joviales, así como esta monjita.

—Me alegra mucho conocerla, sor Engracia. Qué gusto saber que entre las catequistas hay religiosas tan amables como usted.

—Le agradezco el cumplido, señora. Somos solo dos religiosas las catequistas y también Alejandra, pero este año tenemos muchos chicos inscritos. Necesitamos más catequistas. Si sabe usted de alguien que quiera ayudarnos, envíela con nosotros por favor. Disculpen que las deje, debo ayudar a sor Humberta con las inscripciones.

—¡Nadie quiere ayudar! —se quejó Estelita—. Ese es siempre el problema. Nadie quiere ayudar y por eso tengo que hacerlo todo yo.

—¿Es entonces usted también catequista, Estelita?

—Yo no doy clases de catecismo. Como le comenté antes, yo soy la coordinadora.

—Ah, es cierto. Me explicó que usted coordina prácticamente a la parroquia entera.

—Pues qué remedio. Si nadie quiere ayudar, alguien tiene que hacer las cosas. A veces hasta tengo yo que decirle a los sacerdotes lo que deben hacer…

Alejandra sonrió y me guiñó discretamente un ojo. Me pregunté por qué sería que en todas las parroquias siempre hay alguien así y reí para mis adentros. Estelita continuó:

—Necesitamos catequistas y los sacerdotes necesitan ministros extraordinarios que ayuden a llevar la comunión a los hogares de los enfermos.

—Tal vez yo pueda serles de ayuda. A ustedes y a los padres. En mi parroquia en Puerto Real di clases de catecismo varios años y también llevaba la comunión a los enfermos. Somos nuevas en Buenaventura.

—¿En verdad puedes ayudarnos? —preguntó emocionada Alejandra.

—Lo comentaré con mi marido. Estoy segura de que me apoyará.

—Si te animas, tienes que tomar un curso para las catequistas en la catedral. Yo también lo tomaré y me dará mucho gusto que lo hagamos juntas. Bienvenida a la capital.

Alejandra me cayó muy bien. Por seguro, haríamos buen equipo enseñando juntas el catecismo.

Mientras conversábamos llegaron más mamás con sus hijos para inscribirlos al catecismo. Escuché entonces una voz familiar,

—¡Querida! Qué gusto encontrarte aquí.

Era Talina. Se acercó y me dio un beso en la mejilla. No podía creer lo que veía. Traía un vestido azul con un triángulo negro al costado idéntico al mío. El mismo que ella me animó a comprar con tanto entusiasmo. No puedo negar que me sentí algo incómoda con la coincidencia. Talina notó que me quedé mirando a su vestido.

—Discúlpame por favor, Raquel. Nunca pensé que te fueras a poner el mismo vestido para venir a la iglesia.

—Cuando me animaste a comprarlo, no imaginé que tú tuvieras uno igual.

—Que va. Pero me gustó tanto el tuyo que tuve que volver a El Palacio Inglés esa tarde a comprar uno para mí.

Todas sabemos que nos resulta incómodo encontrar por sorpresa que alguien más lleva el mismo vestido. Talina sabía, porque así se lo dije a mis amigas, que estrenaría el vestido para venir a misa. También había decidido ella de último momento traer a su hija al catecismo solo porque yo traería a Mariana. ¿Acaso no era obvio que nos encontraríamos?

Nos despedimos y salimos a encontrar a Elías en el atrio. Ya en la calle, nos cruzamos con Alejandra, que abordaba su auto.

—Hasta luego, Alejandra. Me ha dado mucho gusto conocerte.

—El gusto es mío, Raquel. Por cierto, no sabía que teníamos que venir de uniforme —y guiñó el ojo.

En respuesta, me encogí de hombros en un gesto de resignación.

# ~ 7 ~

Antes de la fiesta de la hija de Blanca, opté por quitarme el vestido nuevo. Talina había decidido asistir también de última hora a la fiesta y no era mi deseo que fuéramos vestidas por igual. Tomé de mi armario un vestido floreado, de color verde y me cambié. Decidí estrenar mis zapatos verdes de tacón pensando que sería el colmo que Talina también se hubiera comprado unos. Puse a Mariana un lindo vestido de fiesta blanco, a sabiendas de que tras jugar en el jardín, sería difícil limpiarlo. Elías cambió el saco y la camisa de vestir con que había ido a misa por unos jeans de color azul oscuro y una polo blanca.

La fiesta en casa de Blanca estaba resultando muy agradable. Talina y su familia no habían llegado todavía. Había algunas familias más que habían sido convidadas al festejo. Los chicos saltaban en un castillo inflable y comían perritos calientes que preparaba Emilio, el esposo de Blanca, en un asador.

Vino un payaso un rato y después de hacerlos reír con una serie de chascarrillos, los entretuvo haciendo para cada uno una figura distinta con un largo globo. A unos, un perrito. A otros, una espada. A las niñas, una corona, una flor o una mariposa.

Los adultos también lo estábamos pasando bien. Como suele suceder, nos dividimos. Los señores se juntaron en torno al asador y conversaban mientras comían la carne y los chorizos que Emilio sacaba de su parrilla. Por nuestra parte, las señoras estábamos sentadas en el césped, sobre un lienzo cuadriculado en rojo y blanco, como si estuviéramos en un picnic. Bebíamos una deliciosa limonada con menta. Era una tarde cálida de fin de verano y los vasos transpiraban el vapor del hielo de las bebidas frías. El sorbo a la helada limonada agridulce caía muy bien y el sutil resabio a menta hacía el sabor de la bebida más refrescante.

Mariana vino por mí, me tomó de la mano y me hizo levantar. Quería que saltara con ella un rato en el castillo. Dejé mis zapatos de tacón verdes en el césped y subí con dificultad al inflable. Nunca debí hacerlo. Comencé a saltar y perdí el equilibrio muy pronto, cayendo en una posición bastante embarazosa. Los chicos que saltaban en el castillo explotaron en una carcajada. Por suerte, todos los adultos estaban entretenidos en sus charlas y nadie me miró.

—Es suficiente, hijita. Ya no tengo tu edad.

—Pero mami… Necesitas más práctica.

—Ya no puedo más. Sigue jugando con tus amigos.

Volví a reunirme con las señoras. Apenas me senté en el césped con ellas de nuevo, entraron al jardín Talina y su familia. Venía con su vestido azul como el mío. Había hecho bien en cambiármelo por el verde floreado.

Alicia corrió al castillo de inmediato. Su hermana Yolanda susurró algo al oído a su papá, este asintió con la cabeza y la adolescente se retiró discretamente de la fiesta. A su edad, parecía no encajar en ninguno de los tres grupos que se habían formado. Rodrigo nos saludó agitando la mano y se dirigió a la parrilla.

Talina vino con nosotras, que seguíamos sentadas en el césped. Nos saludó a cada una con un beso. Cuando se inclinó hacia mí para saludarme, noté que pendía de su cuello un dije morado de amatista, en forma de salvavidas.

—Talina, tu dije…

—Igual que el tuyo, querida. Me pareció una idea encantadora y decidí conseguir uno para mí. Lo bueno de la internet es que se puede encontrar y pedir a domicilio lo que sea —Una coincidencia más…

Las señoras charlaban mientras yo me abstraía pensando en todas las coincidencias que tenían que ver con Talina: perdió a su madre por cáncer en el páncreas igual que yo a la mía, compró un vestido como el mío, inscribió a su hija al catecismo porque yo también lo hice y por igual, asistió a la fiesta porque yo aquí estaría. Hasta calzaba del mismo número. Ahora el dije… Y el castillo. El castillo pintado en la pared de la habitación de Mariana. Yo aún no había visto el que tenía en su pared la pequeña Alicia, pero Norma y su mamá aseguraron que era el mismo el día que las conocí…

Por su parte, mi marido conversaba amenamente con los otros señores. Apenas este día pudo conocerlos. Hablaban de sus empleos, del futbol infaltable en sus conversaciones, de los errores del gobierno…

—¡Parece que nos hemos acabado el hielo! —se quejó Emilio—. Blanca, ¿ya no queda más en la nevera?

—No, Emilio. ¿Quieres que vaya a la estación de servicio por una bolsa?

—Faltaba más —interpuso Rodrigo—. Nuestro refrigerador viene equipado con una máquina de hielo que produce bastantes cubos. ¿Alguien me acompaña a traerlos?

Elías se ofreció a acompañarlo. Eso les dio ocasión para conversar entre ellos.

—Talina me ha hablado mucho sobre ustedes, Elías. Se ha hecho muy buena amiga de tu esposa. Tenía yo muchas ganas de conocerte. Mi mujer tiene muy pocas amigas. Llega a convivir con Blanca de vez en cuando. También lo hacía con la vecina que vivía en tu casa antes de que ustedes llegaran, recién se mudaron. Pero luego de unos meses se distanciaron. En realidad, vivieron muy poco tiempo aquí, creo que ni siquiera medio año. He visto que Talina ahora busca mucho a tu esposa y eso me da gusto.

—Así es, Rodrigo. Se han hecho buenas amigas y eso ha ayudado a que Raquel se adapte más fácilmente a la vida en la capital. No es fácil dejarlo todo y cambiar de residencia. Como sea, yo estoy ocupado trabajando y Marianita va a la escuela. Me preocupaba Raquel, quedándose sola en casa todo el día.

—Imagino que no es nada fácil. Yo no sé si nosotros podríamos cambiarnos a otra ciudad. Me alegra saber que Talina es buena compañía para Raquel.

—Se entienden muy bien. Creo que es lógico, considerando que las dos comparten ese dolor tan profundo. Sabrás a lo que me refiero. Seguramente a tu mujer le sucede en ocasiones como a Raquel: la inunda la melancolía y es difícil ayudarla a salir de ese recuerdo doloroso que la atrapa.

—No comprendo, Elías. ¿De qué dolor hablas? ¿Por qué la melancolía?

—Pues porque ambas perdieron a sus madres de forma repentina a causa del cáncer pancreático.

—Creo que hay una confusión, Elías. Agnes Suquet, la madre de Talina, está viva.

—¿Cómo? Raquel me platicó que ella se lo había contado.

—Supongo que se trata de un malentendido.

—Y… ¿entonces? —pregunté confundido.

—No lo sé… Recuerdo que en una reunión con los vecinos que vivían en tu casa antes que ustedes, ella, Roxana, nos contó que su mamá había enfermado de cáncer pancreático y fallecido poco tiempo después. Creo, más bien, que Talina le habrá contado a tu esposa sobre ese caso y Raquel habrá entendido que se trataba de Talina.

# ~ 8 ~

—¡No puede ser, Elías! Estoy totalmente segura de que Talina me dijo que su mamá había fallecido y de cáncer en el páncreas.

—Pues eso fue lo que me explicó Rodrigo, cielo. Me quedé tan sorprendido como tú.

—Ella jamás mencionó a su vecina que vivía en esta casa. Incluso, me contó que a veces soñaba con su mamá, pero siempre la imaginaba un rostro distinto. ¡Es más!—enfaticé sosteniendo mi dije entre los dedos y mostrándoselo a mi marido—, ¡hoy llevaba puesto un dije como este a la fiesta! Me explicó que lo había comprado porque le había parecido muy lindo que yo usara uno para tener presente a mi mamá.

—Lo habrá comprado simplemente porque le gustó el tuyo —trató de explicarse en voz alta Elías.

—Me cuesta trabajo creer que esa haya sido la

razón. Además, este dije simboliza a las personas que han muerto enfermas de cáncer en el páncreas. La caja en que vienen empacados lo explica con todas sus letras. Si en verdad la mamá de Talina sigue viva y solo usó el dije por gusto, pero sabiendo cuán significativo resulta para mí, ¿acaso no pensó que podía lastimarme usando el mismo frente a mí?

—No sé qué decir.

—¿Te fijaste en el vestido que llevaba?

—Sí, era como el que estrenaste esta mañana cuando fuimos a la iglesia.

—Exacto, Elías. Ella venía conmigo cuando lo compré. Ella me animó con mucha vehemencia a que lo comprara. Sinceramente, no sé qué pretende.

Elías se quedó callado unos momentos, reflexivo. Luego advirtió,

—No sé, cielo… A mí, esa mujer no me da buena espina. No quiero hacer juicios sin conocerla mejor, pero, así como ustedes, las mujeres, siempre se jactan de tener un sexto sentido, también hay ocasiones en que nuestro instinto nos advierte a los maridos cuando alguna amistad de nuestras esposas no es la adecuada.

—Serás el Hombre Araña, para que tu instinto arácnido detecte la presencia del enemigo —dije bromeando. La tensión disminuía—. Tal vez exageramos, mi vida. Muy posiblemente todo han sido solo coincidencias.

—Y ¿lo del cuento de la mamá de Talina?

—Puede que Rodrigo tenga razón y haya yo comprendido mal lo que Talina me contó. A fin de cuentas, me acababa de poner muy mal y estaba llorando pensando en mi mamá cuando ella habló conmigo para consolarme.

—¿Tú crees?

—Puede ser que sí. Me pareció inadecuado que se pusiera el mismo vestido que yo, pero es tan solo un vestido. ¿Qué más da? Y el dije, para quien nunca perdió a su mamá, no es otra cosa sino un dije bonito y ya.

—No sé, cielo. No sé…

—Llevo poco tiempo de conocer a Talina y no puedo negar que ha sido muy buena conmigo. Eso lo debemos aceptar. Me parece que lo justo es que le concedamos el beneficio de la duda.

Elías suspiró resignado.

—Pues, bueno. Tú sabrás, cielo. Algo no me late, pero tú tienes un gran corazón y sabes comprender mejor que yo a las personas.

Antes de irnos a la cama, comenté a Elías acerca de mi deseo de ayudar en la parroquia como catequista y llevando la comunión a los enfermos. Le encantó la idea.

—Adelante, cielo. Es el mismo servicio que dabas en nuestra parroquia en Puerto Real. Además, te ayudará a no permanecer en casa todo el tiempo.

Cerré la ventana de la habitación. Antes de recorrer la cortina, me quedé mirando a la ventana de enfrente, la de la habitación de Talina desde donde acostumbraba mirar hacia nuestra casa.

—¿Sabes, cielo? No puedo dejar de pensar que la vecina es una persona muy extraña. Rodrigo me contó que no tiene amigas. Por lo que entendí, a veces convive con Blanca y ahora contigo también y eso es todo.

—De ser así, si en verdad me mintió acerca de su mamá, tal vez lo hizo para ganarse mi simpatía. Puede ser que esté necesitada de afecto y pensó que hacerme creer que las dos compartíamos un dolor igual fue su forma de intentar ganarlo. Hablaré con ella. Tal vez pueda yo darle algún tipo de apoyo emocional.

—Te confieso que iba a pedirte que no la busques más, cielo. Honestamente, me da mala espina esa mujer. Pero tus sentimientos son muy nobles. Solo ten cuidado, por favor.

Al día siguiente, me presenté en la parroquia a media mañana. Estela me llevó con el padre Miguel, encargado de los ministros extraordinarios de la sagrada comunión. Me indicó que, como sería un servicio que prestaría regularmente, era requisito tomar un curso en la Catedral de San Buenaventura y recibir un certificado del arzobispado. No me sorprendió, pues lo mismo tuve que hacer en Puerto Real. El curso iniciaba el lunes siguiente, de 6 a 8 de la noche y duraba toda la semana.

También tenía que tomar el curso para las catequistas, en el mismo sitio, los mismos días, de 5 a 6. Eso implicaba tener que estar fuera de casa por una semana en un horario complicado. Elías salía de trabajar a las 6 y con el tráfico, llegábamos a casa entre 6:45 y 7. Podía dejarle la cena preparada y él no tendría problema en dar de cenar a Mariana. Además, no tenía auto propio todavía y necesitaba que yo lo recogiera todas las tardes. Tal vez quisiera tomar un taxi a casa esos días, pero ¿quién cuidaría de Marianita? Yo tendría que salir de casa a las 4:30 para estar en la catedral a las 5 y Elías no llegaría a casa sino hasta las 6:45 en el mejor de los casos.

Pensé que tal vez no podría ayudar en la parroquia, después de todo. Pero luego recordé que tenía ya un par de amigas y alguna podría ayudarme, si no es que las dos, alternándose.

Opté por recurrir primero a Blanca. Crucé la calle y llamé a su puerta. Le expliqué mi predicamento y le pedí ayuda.

—Raquel, en verdad me da mucha pena. Yo sería la primera en ayudarte y cuidar de Mariana sin dudarlo un instante. Emilio tiene que hacer un viaje de trabajo a Europa esa misma semana y me pidió que lo acompañe. Nunca hemos ido y es una gran oportunidad. Nos vamos este mismo viernes.

—¿Y Norma y su colegio? ¿Tienes quién la cuide? Si gustas, puede quedarse con nosotros y yo me hago cargo de ella por completo. Ayuda mucho que nuestras hijas asistan al mismo colegio.

—Te lo agradezco mucho y me apena más no poder ayudarte cuando tú misma me ofreces cuidar de mi hija en cambio. Norma faltará al colegio esos días. Ya di aviso en el Hermitage. Tuve que conseguir autorización especial del hermano director. No estuvo muy de acuerdo al principio, pero comprendió que es una situación fuera de lo ordinario. Al final accedió, admitiendo que valía la pena aprovechar la oportunidad de hacer este viaje. Incluso, me dio una carta para que vaya a la Casa General de los Hermanos Maristas en Roma y me den unos boletos para asistir a la audiencia del Papa en la Plaza de San Pedro.

—Me alegro mucho por ustedes. Gracias de todos modos. Creo que tendré que buscar a Talina. Disfruten mucho de su viaje.

Crucé la calle nuevamente y caminé a la casa al lado de la nuestra. Antes de tocar el timbre, Talina abrió la puerta, como si supiera que venía camino a su casa. Pensé que no me extrañaba que así fuera. De seguro me veía por su ventana mientras hablaba con Blanca.

Me invitó a pasar y nos sentamos en la sala. Llevaba un vistoso suéter moteado con un patrón parecido a la piel de un leopardo. En vez de sentarse en el sofá, se reclinó en él, apoyándose con el codo derecho sobre el brazo del mueble y estirando las piernas a un costado. Calzaba unas pantuflas blancas de marabú que contrastaban con su pantalón negro. Las pateó y cayeron sobre la alfombra azul marino. En la mesita al lado del sofá, del lado sobre el que estaba apoyada, había una lámpara y un adorno de cerámica roja que parecía ser un dragón chino. Detrás del sofá pendía un gran cuadro de la pared, con una reproducción de la *Odalisca con pantalones rojos* del pintor francés Henri Matisse. Me pregunté si acaso Talina pretendía emular la postura de la odalisca al reclinarse así en el sofá.

Le expliqué sobre mi curso y mi problema con el cuidado de Marianita. Antes de pedir su ayuda, ella misma la ofreció:

—Querida, no veo cuál sea el problema. ¿Para qué están tus amigas? Puedes dejar conmigo a Marianita todas las tardes. Es más, yo puedo recogerla del colegio al mismo tiempo que a mis hijas. Tu apuesto capitán que, por cierto, qué guapo es, ¿eh? Me di cuenta en la fiesta de cumpleaños… Te decía, él puede pasar por Marianita cuando llegue a casa del trabajo o bien, pueden dejarla con nosotros hasta que salgas tú de tus cursos. Ya sabes que aquí será muy bien atendida, comerá con nosotras y podrá hacer sus deberes con Alicia y después jugar con ella.

El problema de la niña estaba resuelto. Faltaba lo del transporte de Elías a la salida de su trabajo, pero eso lo vería con él por la noche. Aprovechando la charla, interpelé a mi amiga:

—Talina… Hay algo que quisiera que me

expliques.

—Dime, querida.

—Es sobre tu mamá… Me dijiste que tu madre había fallecido de cáncer en el páncreas como mamá. Rodrigo le explicó a mi marido que no ha muerto y que tal vez me hablabas de la madre de la señora que vivía en mi casa antes de que nosotros llegáramos.

Talina inclinó la cabeza suspirando. Se quedó callada un rato. La dejé que pusiera en orden sus ideas… Por fin habló, sin levantar la mirada:

—Querida, es difícil de contar. Esto que te voy a decir es muy doloroso… Hay cosas que una no comparte con nadie. Pero tú te has vuelto muy cercana a mí y te tengo un gran cariño.

Vino otro rato de silencio. No la quise presionar. Por fin, se animó:

—Hace un año comencé a olvidar las cosas. Al principio no me daba cuenta. Fue Rodrigo el que me hizo esa observación. Él me insistía en ver a un médico y finalmente lo hice.

De nuevo, Talina se quedó callada, pensativa. Esta vez, la hice continuar:

—Cuéntame, Talina. ¿Qué dijo el médico?

—Me envió a hacer estudios. Me diagnosticaron Alzheimer… Alzheimer prematuro.

—¡Qué barbaridad! ¿Qué opina el doctor?

—Es una enfermedad progresiva. Me trae problemas con la memoria. Hay ocasiones en que no recuerdo bien el pasado, sobre todo, el pasado no muy remoto. Pero hay veces en que recuerdo las cosas, pero mi mente las confunde… Rodrigo tiene razón. Fue la mamá de Roxana quien murió de cáncer en el páncreas.

—¿Roxana es la señora que vivía en mi casa antes?

—Sí. Es ella. Fue doloroso el momento en que me

lo contó. Cuando vi cómo sufrías tú al recordar a tu mamá, me vino el recuerdo de Roxana, pero por lo visto, mi memoria hizo de las suyas, confundiendo los hechos, creyendo yo que le había sucedido a mi mamá.

—Comprendo… Lo lamento mucho, Talina. ¿Sigues algún tratamiento?

—Por ahora no. Solo consulto a mi médico cada tres meses para evaluar el progreso de la enfermedad.

—En verdad lo lamento Talina —la consolé, dándole un abrazo.

# ~ 9 ~

El lunes, tomó un taxi a casa Elías al salir del trabajo. Él mismo insistió en tomar el taxi, con tal de que yo pudiera asistir a mis cursos. Aunque esa tarde, en la clase en la Catedral de San Buenaventura, Alejandra, —mi nueva amiga en la parroquia—, me ofreció pasar por mí el resto de la semana y llevarme a casa de regreso. Eso facilitaría las cosas para todos.

Talina llevaba a Mariana a su casa a la salida del colegio y se quedaba con ella hasta que volvía yo de mi curso. Elías intentó la primera vez recogerla al volver del trabajo, pero las niñas le suplicaron que permitiera que Mariana se quedara hasta que yo volviera, para cenar juntas y seguir jugando. Él accedió viendo la felicidad de Alicia y Mariana. Talina me enviaba fotos desde su teléfono móvil que tomaba a la hora de la comida y de la cena. También de los momentos en que las sentaba a hacer sus deberes escolares. Me llegaban las fotos sin mayor comentario y pensé que lo hacía para que me sintiera tranquila, sabiendo que Mariana estaba siendo bien atendida. Lo más importante es que yo podría comenzar a dar clases de catecismo los sábados por la tarde y ayudar a llevar la comunión a los enfermos cuando fuera necesario.

El primer sábado del curso de catecismo ofrecí llevar conmigo a la parroquia a las hijas de Talina y Blanca. Mi marido se quedó en casa, haciendo ejercicio en sus aparatos de pesas y poleas.

De esto me informó Elías mucho tiempo después: Sonó el timbre. Él detuvo su ejercicio, se secó el sudor con una toalla y la ciñó alrededor de su cuello. Bajó a abrir la puerta. Era Talina, ataviada con una blusa de punto color rojo sin mangas, pescadores gris metálico y unas sandalias del mismo color con suelas de plataforma.

—Hola capitán, ¿cómo estás?

Tomó a Elías por sorpresa, quien, sin pensarlo, se hizo a un lado para dejarla pasar. Entró sin más hasta la sala y se sentó en el sofá.

—Raquel está en la iglesia, en la clase de catecismo.

—Lo sé, querido, lo sé.

—¿En qué te puedo servir, Talina?

—Solo vine de visita, querido. Rodrigo fue con unos amigos de toda la vida a jugar al póker, mi hija Yolanda está encerrada en su habitación pegada a su computadora y escuchando música con sus audífonos y me sentí sola de pronto.

—Me temo que estoy ocupado en este momento.

—Sí, eso veo. ¿Estabas haciendo ejercicio cuando llamé, no es así?

Elías pensó que lo había estado espiando desde su ventana. ¿Acaso se alcanzaba a ver desde allá el interior de su gimnasio?

—Muéstrame tu gimnasio nuevo, ¡vamos!

Y emprendió el camino hacia la planta superior.

—Talina, espera…

—No te preocupes, querido. Conozco el camino.

—No sabía que Raquel te había mostrado ya mi gimnasio.

—No lo ha hecho.

—Entonces, ¿cómo sabes dónde…?

—¿Qué esperas? —Talina ya estaba arriba. Elías se había quedado estupefacto al pie de la escalera—. ¡Date prisa!

Elías subió apresurado, no por estar con ella, sino nervioso de lo que esta vecina entrometida pudiera hacer. La encontró de pie a la entrada de la habitación que hacía de gimnasio. Frente a la puerta había un aparato universal de pesas y poleas y del lado izquierdo, en paralelo, una caminadora y una bicicleta fija.

—Oye, para ser casero, está muy bien equipado. Hmmm… Veo que te hace falta un espejo en la pared. ¡Los espejos son necesarios para dar sentido a tu vida! ¡Sobre todo, en un gimnasio!

Elías no respondió.

—Yo voy a un gimnasio todas las mañanas, por dos horas, ¿sabías?

—No, Talina, no tenía idea —respondió en tono seco.

—Puedo pedir un pase de cortesía para visitantes, si quieres acompañarme un día. Podría presentarte a mi entrenador para que te diseñe una rutina y la sigas aquí en tu casa.

—Te lo agradezco, Talina, pero no es necesario.

—Esta bicicleta fija es muy moderna. ¿Puedo? —preguntó sin pedir permiso en realidad. Pateó las sandalias con suela de plataforma hacia la puerta de la habitación y montó en la bicicleta. Oprimió un par de botones y comenzó a pedalear lentamente.

Elías se sentía incómodo y además, nervioso. Pensó qué diría yo si llegara en ese momento. Buscó con la vista su reloj de pulsera en su muñeca, pero no había nada.

—No te preocupes, capitán. Falta una hora y 20 para que Raquel y las niñas estén de vuelta. Mientras, podemos hacer ejercicio. Continúa la rutina que interrumpí. Por mí, no te detengas.

—Talina, esto no me parece apropiado. Te ruego que vuelvas a tu casa en este momento.

—Tranquilo, querido. Solo estamos haciendo ejercicio —explicó de soslayo, bajando de la bicicleta y subiendo ahora a la caminadora.

—Talina, es suficiente. En verdad, ten la bondad de volver a tu casa en este momento —ordenó en un tono más serio.

La vecina detuvo la caminadora.

—Está bien, capitán. No es para que te enojes. Es solo una visita y nada más.

Bajó de la caminadora y caminó hacia Elías. Le quitó la toalla que todavía tenía al cuello y se frotó la frente fingiendo secarla. Le devolvió la toalla y caminó a la puerta.

—Otro día vuelvo, querido. Sigue haciendo ejercicio. Por mí, no te preocupes. Conozco el camino.

Recogió con la mano sus sandalias y bajó corriendo la escalera. Instantes después, se escuchó un portazo. Elías cerró la persiana de la ventana del gimnasio.

Volvimos del catecismo a las 6:20, dejé a las hijas de mis vecinas en sus casas y entré en la mía con Mariana. Elías se sentaba en la barra de la cocina, leyendo la sección deportiva del diario.

—Hola, mi vida. Hemos vuelto. Marianita te contará lo que aprendió en su primera clase. Voy a preparar la cena.

Le di un beso en la mejilla. No dijo nada ni me respondió. Callado, se puso de pie y se marchó. Era evidente que estaba molesto, pero, ¿por qué?

Preferí dejar pasar un tiempo antes de preguntarle. Tal vez estaría de mejor humor y sería más fácil. Estaba equivocada. En la cena estuvo callado y ni siquiera ponía atención a lo que le contaba Marianita sobre su clase de catecismo. Tan pronto cenó, se levantó de la mesa, subió y se encerró en el cuarto de TV.

# ~ 10 ~

La semana siguiente, vino a desayunar conmigo Blanca. Ya se nos había hecho costumbre desayunar en mi casa todos los jueves. Preparé esta vez unos huevos a la florentina y *caffé cappuccino.* Mi amiga me relataba su viaje a Europa con emoción y añoranza. Habían sido pocos días, pero pudo conocer Roma y Nápoles y hacer escala de regreso un par de días en Madrid. Traía consigo una réplica en miniatura de la Basílica de San Pedro, un estandarte que llevaba bordado el retrato del papa y un rosario de cuentas rojas con olor a rosas en una cajita de plástico que decía con letras grabadas en dorado *Città del Vaticano.*

—Como eres catequista, pensé que te gustarían estos recuerdos de nuestro viaje.

Abriendo la cajita del rosario y deleitándome con su fragancia, le agradecí los obsequios.

—Cuida bien ese rosario. ¡Lo bendijo el papa después de su audiencia! ¡No sabes qué grata experiencia y qué emocionante es poder saludarlo en persona! Tiene una mirada muy dulce, pero muy penetrante. Nunca olvidaré ese momento. Debo darle las gracias al hermano marista por haberme dado la carta para conseguir los pases especiales en la casa general de su congregación.

—¿En verdad? Oye, pues este rosario es un gran tesoro sin duda. Lo conservaré con mucho cariño y lo usaré a menudo para rezar.

—Este Pinocchio es para Mariana. Quise traerle algo más, pero fue difícil encontrar un souvenir bonito para niños en Roma. Estos Pinocchios son muy populares allá, por lo que pude ver.

—Estoy segura de que le gustará. Gracias por acordarte de nosotras.

—Cuéntame, ¿algo interesante en mi ausencia?

—No mucho, en realidad. Tomé mis cursos en la catedral, como sabes. Una amiga que hice en la parroquia hizo favor de llevarme y traerme, para que Elías no tuviera que tomar taxi al salir de su trabajo. Él me prometió solemnemente que este mismo sábado compraremos mi auto.

—Oye, ¡qué bien! Y por fin, ¿pudo Talina cuidar de Marianita por las tardes?

—Sí, así fue. Tuve también una plática muy íntima con ella. ¿Sabías que está enferma?

—Sí. En verdad me apena su situación. Me sorprende que con todo y su leucemia tenga energía para hacer tanto ejercicio en su gimnasio.

—¿Leucemia?

—Sí.

Me quedé callada sintiendo una extraña incomodidad.

—¿Pasa algo, Raquel?

—Te dijo Talina que padece leucemia.

—Sí. ¿Por qué lo dices con extrañeza? Fuiste tú quien me preguntó si sabía que Talina está enferma.

—Blanca, a mí me contó que tiene Alzheimer.

—¿Alzheimer?

—Sí, un caso prematuro, según me explicó.

—Qué extraño. ¿Habrás entendido mal, tal vez? ¿O acaso entendí mal yo?

—No Blanca… Ninguna de las dos entendió mal.

—¿Qué estás diciendo? ¿Talina padece de las dos enfermedades?

—No Blanca. Ninguna de las dos entendió mal. Me temo que Talina nos ha mentido. A las dos nos mintió —afirmé con molestia.

—¿Por qué estás tan segura, Raquel?

—Mira Blanca, llevo poco tiempo de conocer a Talina. Quizás muy poco. Pero ha sido tiempo suficiente para darme cuenta de que le gusta inventar cuentos para conmover a las personas.

—No me digas.

—En fin. Ella sabrá… Mejor sígueme contando de tu viaje. ¿Qué fue lo que conociste en Madrid?

Continuamos nuestro desayuno conversando amenamente. Me sentía molesta con Talina, pero decidí hacerla a un lado de mis pensamientos y no dejar que arruinara este momento.

Recogíamos los platos del desayuno cuando llamaron a la puerta. Era Alejandra.

—Hola amiga, qué gusto recibirte. Pasa. Está de visita mi vecina de enfrente.

—Mucho gusto, soy Blanca.

—Es un placer, Blanca. Soy Alejandra. Doy catecismo en la parroquia con Raquel. Tú eres la mamá de Norma, ¿no es así?

—Sí, Norma es mi hija.

—Alejandra vino a echarme la mano con algunas cosas que dejó la señora que vivía antes en esta casa. Dices que la conociste, ¿no es así?

—Desde luego. Se llamaba Roxana. En realidad no conviví mucho con ella. Más bien, pasaba mucho tiempo con Talina. Como te conté, vivió aquí unos cinco o seis meses y los últimos dos ella y su familia se apartaron por completo de todos sus vecinos. Fue cuando colocaron estas cortinas que todavía tienes en el ventanal de la sala. Luego se fueron así nada más, sin avisar ni despedirse. Aparecieron un día unos camiones de mudanza, al día siguiente la casa tenía un letrero anunciando que estaba en venta y una semana después la compraron ustedes.

—Vaya. Pues la tal Roxana y su familia dejaron muchas cosas aquí que hemos ido encontrando y de las cuales hemos tenido que deshacernos. El agente de bienes raíces, muy *amablemente*, según él, nos ofreció llamar a las Damas Vicentinas para que vinieran en su furgoneta a llevarse todo para sus obras de beneficencia. Por supuesto, una vez cerrada la venta que le interesaba, desapareció y jamás llamó a las vicentinas.

—Por eso vine —intervino Alejandra—. Me dijiste que encontraste una caja con ropa y otros objetos y puedo llevarla al centro de donaciones que hay en la parroquia.

—Así es. Y un árbol de navidad lleno de polvo, pero si te estorba, se lo doy al recolector de la basura sin mayor problema.

—Si está en buenas condiciones, tal vez pueda

serle de provecho a alguna familia necesitada la próxima Navidad —sugirió Alejandra.

—Podemos revisarlo, pero no lo creo. Estaba arrumbado en un ático que apenas descubrimos.

—¿Apenas lo descubrieron? —preguntó sorprendida Blanca—. Todas las casas de esta calle tienen un ático. Fueron construidas por la misma inmobiliaria y por eso es que son todas tan parecidas.

—A veces, por la noches, escuchábamos ruido sobre el techo de nuestra alcoba. La noche del viernes, los pasos fueron más que evidentes. Elías salió de la cama y bajó a la cocina por una escoba. Yo me quedé en la habitación en silencio y mirando al techo, como buscando de dónde provenían esas pisadas.

—Amiga, me pone nerviosa tu relato. Lo cuentas como si fuera una película de suspenso —exclamó intrigada Alejandra.

—Elías subió con la escoba. Nos quedamos quietos mirando al techo, yo todavía sentada en la cama y él de pie a mi lado. Escuchamos los pasos de nuevo, cerca de la puerta. Después a la izquierda, cerca del baño. Elías entonces golpeó con fuerza tres veces en el techo y escuchamos pasos a toda velocidad y después que algo metálico caía y rodaba. Los pasos se callaron por completo.

—¿Qué pasó después? —interrogó Blanca llena de curiosidad.

# ~ 11 ~

—Elías dedujo que debía ser el gato que habíamos escuchado en el jardín algunas noches. Supuso que habría un orificio o alguna ventila allá arriba por la que se introducía para pasar la noche.

—¡Ese dichoso gato! Debes tener cuidado, Raquel. Si dejas abierta la ventana de la cocina por las noches, se meterá a robar lo primero que se encuentre. A mí me lo ha hecho varias veces —se quejó Blanca.

—Era lógico que el gato se asustara cuando Elías golpeó el techo con la escoba y saliera corriendo. Pero nos extrañó que se hubiera escuchado caer un objeto de metal. Sonaba como un cubo vacío que rebotó y después rodó. El gato debió derribarlo en su carrera. Si había un cubo, eso significaba que había un ático. Sin embargo, no encontrábamos puerta alguna por la cual se pudiera acceder.

—¿Qué no hay una compuerta en el techo de una

de las habitaciones? Tiene una cadena con el que la abres y se convierte en una escalerilla por la cual se sube al ático.

—Aquí no había nada. Esa misma noche recorrimos toda la planta superior mirando los techos de las habitaciones.

—¿Cómo subieron a él entonces? Dices que los objetos que me vas a dar y el árbol de navidad estaban en el ático —preguntó Alejandra.

—Al amanecer, aprovechando que era sábado, Elías tomó una larga escalera que, por suerte, los dueños anteriores dejaron abandonada, tirada en el jardín. Subió al techo. Encontró una ventila abierta que, en efecto, daba a un ático. Pero era demasiado estrecha para introducirse. Apenas cabía el gato.

Me dirigí a la escalera que llevaba a la planta superior y con un ademán llamé a mis amigas para que subieran conmigo. Entramos al cuarto que habíamos acondicionado como sala de TV. Solo tenía el televisor sobre una mesa, un sofá y una lámpara. Señalé al techo.

—Elías subió de nuevo con la escoba y recorrió todo el techo, golpeándolo con el palo de forma casi obsesiva. Hasta que encontró que, en esta habitación, la madera sonaba de forma distinta en esta parte, más hueca. Comenzó a golpear con fuerza y comenzó a desprenderse la pintura y luego el material con el que recubren los techos. Poco a poco, empezó a notarse un gran rectángulo de madera. Siguió golpeando hasta que quedó visible una tabla. La empujó con el palo hasta que logró que se desprendiera. Me pidió que le trajera entonces una pequeña escalera que guardamos en la cochera. La abrió en forma de letra A, trepó en ella y con las manos hizo a un lado la tabla. Luego, desdobló la escalera y la extendió en forma vertical y subió. Encontró cosas viejas, un cubo vacío de pintura en el suelo, que debió ser el que tiró el gato y la caja que se va a llevar Alejandra. Me comentó que hay otras cosas de las que se deshará más adelante.

—Qué extraño —comentó Blanca—. Si había cosas guardadas en el ático, ¿por qué habrían de cancelar su acceso?

—No tengo la menor idea, Blanca. ¿Les parece si revisamos el contenido de la caja que bajó Elías para ver qué puede llevarse Alejandra y qué tiro yo a la basura? Por mí, desecharía todo, pero Elías remarcó que había dentro ropa de muy buena calidad. Por eso preferí donarla.

Bajamos a la cochera, donde Elías había dejado los objetos que bajó del ático. La caja con ropa estaba cubierta en polvo. La sacudí con un plumero antes de abrirla. Separé los cuatro segmentos de cartón que la cerraban entrecruzándose en la parte de arriba. Arrastré hacia nosotras una mesa de plástico que había en un rincón de la cochera para colocar en ella las prendas y objetos que fuéramos sacando.

Encontramos primero una bolsa de plástico que contenía un abrigo rosa y un impermeable blanco. Después había unos suéteres. Uno era blanco, otro guinda y uno más que me llamó la atención. Era moteado, con un patrón parecido a la piel de un leopardo. Había también unas cuantas blusas de punto y manga larga. Una era de color mostaza. Seguimos hurgando y sacamos algunos pantalones, incluyendo unos pescadores negros. Las manos me comenzaron a transpirar y sentí palpitaciones.

Dejé a mis amigas seguir mientras yo las observaba. Encontraron una bolsa de fieltro y la sacaron con interés.

—¡Esto contiene joyería! —exclamó Blanca.

La abrieron con curiosidad y extrajeron algunos collares, aretes y unos brazaletes.

—Este brazalete es muy fino... —aseguró Alejandra, analizándolo mientras le daba vueltas, sosteniéndolo entre sus dedos—. Tal vez prefieras quedártelo en vez de donarlo, Raquel.

—¡No quiero nada de esta caja! Si te gusta a ti, llévatelo con confianza.

—En verdad que es muy fino y muy bonito. Si tú no lo quieres Raquel... ¿te gusta a ti Blanca? ¿Gustas quedártelo?

—Te lo agradezco, Alejandra. Sí que es muy fino, pero ¿sabes? Una vecina que tenemos, Talina, tiene uno idéntico. Si me lo llega a ver, va a decir que soy una copiona. Mejor quédatelo tú. Además, tú lo descubriste.

Si ya me sentía inquieta con las prendas que habíamos encontrado y que eran una copia de las que usaba Talina, la observación de Blanca acerca del brazalete me perturbó aún más. ¿Qué clase de juegos jugaba mi vecina con sus vecinas?

—Pues si ustedes no lo quieren, amigas, definitivamente me lo quedaré yo —resolvió Alejandra.

Blanca se puso en cuclillas y siguió hurgando en la caja.

—Miren... en el fondo hay pares de calzado...

En ese instante me incliné intempestivamente sobre la caja e hice un lado a Blanca, que por poco cae sentada sobre el suelo de concreto de la cochera. Quería acabar con esto de una vez por todas.

Saqué unas sandalias plateadas de suela de plataforma, un par de botas negras, un par de mocasines de gamuza, unas chanclas rosas... ¡unas pantuflas blancas de marabú!... ¡y unas sandalias negras de tacón!... de un tacón tan alto que, si yo caminara con ellas, me caería de inmediato.

—Todo está en muy buenas condiciones. Algunas prendas parecen casi nuevas. ¿Por qué las habrá dejado Roxana? ¿O habrá sido la vecina que vivía aquí antes que ella?—preguntó intrigada Blanca—. Y además, ¿por qué las habrá puesto en esta caja que arrumbaron en ese ático para después sellarlo?

—¡Para no verlas nunca más! —exclamé —¡para librarse de una maldición!

—Qué cosas dices, amiga —interpuso Alejandra —. El hecho es que todo está en muy buenas condiciones y le hará mucho bien a las personas que acuden al centro de beneficencia de la parroquia en busca de ropa usada. Creo que me lo puedo llevar todo.

—¡Pues de una vez! —dije y metí las cosas a toda velocidad en la caja, sin preocuparme por doblar la ropa. Al final, la caja no cerraba y Alejandra tuvo que llevársela abierta.

Alejandra nos pidió revisar el árbol de navidad. Parecía sacudidor de polvo. Vimos que venía ya con iluminación. Lo conectamos a la luz para comprobar que todavía encendiera. La serie multicolor encendió y al instante se escuchó la melodía chillona, sin ritmo y a toda velocidad de *Noche de paz*.

—¡Quita eso! La música de esos arbolitos es desesperante. Es chillona y repetitiva ¿Por qué los habrán inventado? —se quejó Blanca—. Talina pone uno como este en la entrada de su casa. Un día llamé a su puerta para llevarle unas galletas de navidad que había horneado. Estuvimos conversando un rato en su vestíbulo y llegó un momento en que solo quería salir de allí para no escuchar más ese sonsonete.

Decidimos que no valía la pena donar a la

beneficencia ese árbol. Aun cuando alguien quizás lo disfrutara, ninguna estaba dispuesta a sacudirle el polvo.

No pudo dejar de llamarme la atención que Talina tuviera un árbol como este. ¿Tal vez se lo copió a Roxana? Aunque, según la información que tenía, su familia había ocupado la casa un par de meses después de Navidad. Además, el árbol se veía un poco viejo y estaba cubierto en polvo... ¿Sería acaso de la familia anterior a la familia de Roxana? ¿A cuántas más habrá tratado Talina de imitar?

Antes de que se fuera Alejandra, la detuve.

—Espera, tengo algo más que debes llevarte.

Subí corriendo y bajé en un par de minutos.

—¿Tu vestido nuevo? —se sorprendió Blanca.

—No me gusta cómo se me ve. Llévatelo por favor, Alejandra.

Blanca se encogió de hombros. Alejandra se despidió y nos quedamos solas.

—Raquel, ¿estás bien? Te noto muy exaltada.

—Necesito poner en orden mis ideas, Blanca. Tengo muchas cosas que pensar. Ya te contaré.

—Claro. Cuando quieras.

Una gran duda me invadió. ¿Qué más había en ese ático?

—Blanca, ¿tienes tiempo para acompañarme un rato más?

—Sí, como una hora todavía —asintió mirando su reloj de pulsera.

—¿Te animas a subir conmigo al ático?

—Si quieres, pero... Déjame ir pronto a casa y cambiar este pantalón blanco por unos vaqueros.

—¡Adelante! ¡No tardes! Mientras, llevaré la escalera de la cochera al cuarto de TV para que podamos subir al ático.

# ~ 12 ~

Blanca no debió tardar mucho en ir y venir, pero a mí me comía la ansiedad en lo que volvió. Yo tenía la escalera colocada ya en el acceso al ático, sosteniéndola con las manos llenas de sudor. Sentía un nudo en el estómago y la boca me sabía amarga. No tenía idea de lo que podía encontrar allá arriba. Pensaba que lo que hallara me haría sentir más molesta con Talina o tal vez me ayudaría a comprenderla mejor. Lo cierto es que no podía confiar más en ella.

—¡Lista! Ya estoy aquí. ¿Te sostengo la escalera y tú subes? ¿O quieres que suba yo por delante?

—Subiré yo. Elías dejó una linterna por allí. La necesitaremos para alumbrar el ático.

—¡Qué emocionante! En el nuestro guardamos las decoraciones de Navidad y las piezas de equipaje. Pero este ático parece un lugar más misterioso.

—Seguramente encontraremos solo triques y mucho polvo. Pero quiero ver qué clase de triques hay aquí.

—Mientras no salga un ratón…

—No lo creo. Recuerda que viene un gato todas las noches.

Subí por la escalera hasta que el techo quedó a la altura de mi cintura. Podía escuchar los latidos de mi corazón. Palpé con la mano sobre el suelo del ático hasta dar con la linterna. Terminé de trepar la escalera y me siguió Blanca. Entraba un rayo de sol por la ventila, pero se proyectaba sobre un costado dejando el resto del lugar en la penumbra.

Encendí la linterna y Blanca se apoyó en mi hombro derecho con sus dos manos tibias y sudorosas, que comenzaron a humedecer mi blusa. Recorrí el lugar con el haz de luz y vi al fondo otra caja, algunos bultos y algo grande y rectangular cubierto por una sábana.

Giré para dirigir la luz de la linterna hacia el otro fondo del ático. Blanca dio pasos circulares, siempre detrás de mí y sin soltar mi hombro.

—¡AY! —lanzó un grito agudo, oprimiendo con fuerza mi hombro.

—¿QUÉ OCURRE? —le pregunté asustada.

—¡UNA RATA!

—¿UNA RATA? ¿DÓNDE?

Comencé a mover la linterna a toda velocidad en todas direcciones, intentando interceptar al roedor por el piso.

—¡AY! !LA PISÉ DE NUEVO!

—¿PISASTE LA RATA? —grité, apartándome de ella.

—¡SÍ! ¡LA PISÉ DE NUEVO! ¡ESTÁ MUERTA!

—¿MATASTE A LA RATA?

Blanca dio dos pasos hacia mí, apresurada. Yo me retiré de ella. Me alcanzó y me arrebató la linterna.

—¡Qué horror! ¡Ya estaba muerta cuando la pisé! —explicó jadeando. Apuntó el haz de luz al sitio donde habíamos estado de pie, al lado del acceso del ático. Iluminó entonces un bulto gris y peludo.

—¿Cuál rata? ¡Es solo una madeja de estopa! —advertí. Le quité la linterna y la giré alrededor, barriendo el piso del ático, por si acaso. Cerca de la estopa, se podía ver el cubo de pintura que había derribado el gato aquella noche en su huida. También había un par de brochas.

—Uf… Vaya susto que me he llevado. Pensé que era una rata muerta que había cazado el gato —suspiró llevándose una mano al pecho.

—Eres una boba. ¡Pudimos haber caído por el acceso!

Blanca se quedó callada. Luego, estallamos las dos en una carcajada.

—Parece que no hay nada de este otro lado. Solo en aquel extremo. Veamos de una vez.

Avanzamos hacia el fondo del ático, yo con la linterna y Blanca siempre sosteniendo mi hombro con las dos manos. No quedaban muchas cosas más: un par de raquetas con las cuerdas rotas, un balón de baloncesto desinflado y una lámpara con la pantalla rasgada. En el piso, detrás de la lámpara, había un objeto de cerámica. Le apunté con la linterna para mirarlo mejor… era un dragón rojo.

—Blanca, ¿has visto un dragón como este en algún lugar?

—No estoy segura, Raquel. Aunque me parece que Talina tiene uno parecido en su sala. ¿Y esto que está recargado sobre la pared? Parece un espejo. ¿Retiramos la sábana que lo cubre?

—Parece que la sábana está atorada por los dos extremos. Retírala tú de aquella esquina y yo de esta y dejémosla caer.

La sábana se deslizó provocando una nube de polvo al caer. Sus motas revoloteaban en tono dorado bañadas por el haz de luz de la linterna. La sábana cubría un cuadro con una réplica de *La odalisca con pantalones rojos* de Matisse. Sentí que las piernas me flaqueaban. Tuve que sentarme en el piso, sobre el abundante polvo.

—¡Raquel! ¿Estás bien?

—Reconoces ese cuadro, ¿o no?

—Sí, Raquel. Es el mismo que tiene Talina en la pared de su sala.

—¿Qué opinas?

—Son demasiadas coincidencias… No sé qué pensar… ¿por qué habría Roxana de querer imitar en todo a Talina?

—¿Es que no te das cuenta, Blanca?

—No comprendo…

—¡Era Talina quien imitaba en todo a Roxana!

—Pero, ¿por qué habría de hacerlo? Si somos honestas, Talina es bastante atractiva, tiene un físico envidiable, considerando su edad. Además, tiene porte y buen gusto y vive muy bien.

—¿Te fijaste en la ropa que contenía la caja que encontró Elías en este ático?

—Sí, era de muy buena calidad y estaba en muy buen estado en general. Y el brazalete tan fino… como el de Talina…

—En esa caja había un suéter, una blusa, unos pescadores, unas sandalias y unas pantuflas idénticas a las que usa ella.

—No puedo creerlo.

—¿Comprendes ahora por qué me deshice de mi

vestido nuevo?

—Ahora que lo mencionas, Talina llevaba uno igual al cumpleaños de Norma.

—No solo eso, Blanca. ¿Ves este dije que siempre llevo? —le pregunté, sosteniéndolo con mis dedos y dejando caer sobre él la luz de la linterna—. Después de decirme cuánto le gustaba, se compró uno igual.

—Esto es inaudito.

—Talina pretende imitarme a mí ahora, así como habrá hecho con Roxana.

Blanca me tendió la mano y me ayudó a reincorporarme. Avanzamos hacia el acceso y al ir barriendo el piso del ático con el haz de luz para ver dónde pisábamos, alcanzamos a distinguir un libro. Ella lo tomó y lo trajo consigo.

Cuando descendimos al cuarto de TV, vimos que se trataba de un libro de cuentos, encuadernado en pasta dura e impreso en papel *couché*. La portada estaba ilustrada con el dibujo de una niña pobre, vestida en harapos, mirándose en un espejo, cuyo reflejo representaba a una princesa. *El espejo mágico* era su título. Blanca se sentó en el sofá y comenzó a hojearlo, de atrás hacia adelante.

—¡Mira esto, Raquel!

Se puso de pie para mostrarme la página del libro.

—¡El mismo castillo que está pintado en la pared de la habitación de Mariana!

—Que es el mismo que está pintado en la habitación de Alicia.

Se quedó de pie a mi lado mientras seguía hojeando el libro. Llegó a su primera página. Estaba escrita a mano, en tinta azul, una dedicatoria.

—“Querida Ema:” —leyó en voz alta.

—¿Quién será esta Ema?

—Así se llamaba la hija de Roxana:

*Querida Ema:*

*La vida tiene sentido cuando aprendes a mirarte en un espejo. Cuando la vida deja de tener sentido, debes aprender a romper ese espejo.*

*Feliz cumpleaños.*

*Tu tía,*

*-Talina*

—¿Dices que Ema tenía la misma edad que Alicia y que Norma?

—Y que tu hija Mariana.

En ese instante me descompuse. Me invadió una sensación de náuseas y me desvanecí.

# ~ 13 ~

El padre Villaseñor escuchaba con atención el relato de Raquel, recargado sobre los dorsos de sus manos, con los codos apoyados sobre su escritorio. Se echó atrás en su sillón.

—Vaya historia que me cuentas, hija. Hay personas, como tu vecina, que llegan a desarrollar obsesiones en verdad enfermizas.

—Eso parece, padre. No he dejado de lamentarme por no haber prestado atención a la advertencia que me hizo mi marido desde un principio. Tenía razón cuando me advirtió que nuestra vecina le daba mala espina.

—¿Qué sucedió después?

—Le comenté a Elías acerca de todo lo que encontré. Fue entonces que me contó de la incómoda visita que había recibido aquel sábado mientras hacía ejercicio. Lo peor fue cuando le mostré el libro con el castillo y la dedicatoria que escribió Talina a la hija de su vecina anterior.

—¿Cómo reaccionó tu marido?

—Tras ver el libro, montó en cólera. Decidió comprar pintura para cubrir el castillo de la pared de Marianita. Se lo impedí. Ella no moprendería las razones y por seguro habría llorado. A fin de cuentas, nuestra hijita no era parte de este conflicto y era ese castillo lo que a nuestra hija había gustado más de la casa.

—Me parece que hiciste bien en impedirlo. No obstante, creo que no sería prudente dejar a tu hija más al cuidado de esa señora. Solo como una precaución.

—¡Por supuesto que no! Al principio me sentí culpable por haber dejado a Mariana durante una semana entera al cuidado de esa bru… Disculpe, padre. De esa mujer.

—Comprendo que estés molesta.

—La imitación continuó, padre. Elías me compró un auto compacto de un tono azul metálico muy peculiar. En menos de dos semanas, Talina compró uno idéntico al mío. También colocó al lado de su puerta un macetón con un pequeño ciprés igual a otro que había comprado Elías para nuestra casa.

El sacerdote recargó de nuevo sus codos sobre el escritorio y su cabeza sobre los dorsos de sus manos.

—Dime hija, ¿ha dado esta mujer algún motivo de verdadera preocupación? la imitación puede ser señal de admiración. Pudiera ser que esta señora sienta una admiración particular por ti y por eso quiera imitarte. Tratándose de una persona adulta, pudiera ser indicio de una baja autoestima. Pero eso no sería, de suyo, motivo para que tú te preocuparas.

—Sobran motivos para preocuparme, padre. Por

eso estoy aquí con usted esta mañana. Tengo más que contarle.

—Continúa, hija. Soy todo oídos —le pidió con genuino interés.

—Después de encontrar aquellos objetos en el ático, decidí apartarme de Talina. La comencé a evadir. Si llamaba a la puerta, no le abría. Elías, tampoco. Me apresuraba a volver del colegio por las mañanas para llegar a casa antes de la hora en que ella vuelve del gimnasio. En ocasiones, pedía a mi vecina de enfrente, Blanca, que recogiera a Mariana a la salida del colegio junto con su hija. Cerré las cortinas de mi habitación y de la cocina y no las volví a abrir más. ¡Comprendo tanto a los dueños anteriores de esta casa!

—Es evidente que también se sentían incómodos teniendo por vecina a esta mujer. ¿Al ver que ya no la procurabas, se apartó?

—Al contrario, padre. Se hizo todavía más presente. Llegó a parecer mi sombra. Era inevitable tener que salir al jardín, al menos a regar las plantas. Yo fingía ignorarla, pero me daba cuenta de que siempre estaba ella vigilándome desde la ventana de su habitación. Ni siquiera detrás de su cortina como al principio, sino incluso con la ventana abierta. Opté por contratar un jardinero para no tener que salir más a mi jardín.

—¡Qué difícil! Y más, viviendo al lado de una persona tan obsesiva.

—No solo me vigilaba en mi jardín. Cuando venía a la parroquia por la comunión, para llevarla a los enfermos, la encontraba en su auto, aparcada frente a la iglesia o en la esquina de la casa de los enfermos.

—¡Qué barbaridad! Su obsesión se convirtió en un acoso.

—No se imagina lo que sentía cuando descubría en mi espejo retrovisor que me seguía, justamente cuando me dirigía a las casas de los enfermos. Al principio me irritaba. A las pocas cuadras, me sentía nerviosa. Más adelante, angustiada. ¡Era horrible!

—Lo puedo imaginar.

—Todo esto me comenzó a afectar mucho. No podía dormir, me sentía nerviosa todo el día y era incapaz de dejar de pensar en Talina. De alguna forma, se había apoderado de mi mente. Necesitaba desahogarme, confiar mi problema y mis sentimientos a alguien de confianza y sentir que me apoyaba. Tal vez debí venir a buscarlo a usted desde un principio.

—Siempre es bueno apoyarse en alguien más. Por lo que me has contado de tu marido, no dudo que él te brinde apoyo, pero a veces es bueno rebotar pensamientos con alguien un poco más objetivo, alguien de afuera de casa, que vea nuestros problemas con otra óptica, sin ser parte misma del conflicto.

—Así es, padre. No quise hacerlo con mi vecina de enfrente, Blanca, pues ella es amiga de Talina. Aun cuando Blanca miraba a Talina ahora con cierto recelo, me daba la impresión de que todavía tenían más peso en su opinión las cosas buenas que habrán compartido desde antes de que yo llegara. De modo que recurrí a Alejandra, mi compañera catequista.

—¿Alejandra Zárate?

—Ella misma. De hecho, fue ella quien me animó a buscarlo. Me confió que en el peor momento de su vida, fue usted su mayor apoyo.

—Alejandra y su marido se las vieron muy duras. Ella acudió a mí buscando un guía espiritual. Ha crecido mucho en su fe desde entonces. ¡Ya hasta es catequista! Y nos hemos hecho muy buenos amigos. De cuando en cuando conversamos entre semana después de misa y tomamos café. Le gusta mucho acompañarme cuando la hermana Engracia hornea sus deliciosas rosquillas. ¡Tendrás que probarlas!

—La hermana Engracia… Tan dulce que es… Ojalá todas las monjas fueran como ella.

El sacerdote reencaminó la conversación:

—Me decías entonces que habías recurrido a Alejandra.

—Sí. Al verme tan mal, me sugirió buscarlo a usted y también a algún terapeuta. Le inquietaba que mi preocupación por Talina parecía convertirse por sí misma en una obsesión, tal vez en una paranoia. Creo que tenía toda la razón.

—¿Tanto así?

—Un día me invitó a desayunar con un grupo de amigas suyas. Me contó que se reúnen una vez al mes. Acepté su invitación, deseosa de que me acogieran y hacerme así de un círculo de amigas nuevas, lejos de casa, ajenas por completo a la realidad que me agobiaba.

—Excelente idea.

—Sí, pero lo eché todo a perder —reconoció Raquel, bajando la mirada.

—¿Por qué lo dices?

—El desayuno sería en casa de la mejor amiga de Alejandra. María Luisa era su nombre, me dijo. Me advirtió que era muy amable y una gran persona, pero delicada hasta el extremo con la limpieza. Los muebles y la alfombra de su casa eran blancos y hacía que sus invitadas se descalzaran para no ensuciar la alfombra. De modo que decidí calzar mis zuecos rojos, por facilidad.

El presbítero fruncía el ceño, pareciendo no comprender lo que le contaba Raquel. Ella continuó:

—Al llegar, me abrieron la puerta María Luisa y

Alejandra juntas. Me saludaron con un abrazo y entré al vestíbulo. Mi amiga me hizo una seña, apuntando con su índice por detrás de su amiga hacia la blanca alfombra de peluche, para que recordara las reglas de la anfitriona para mantenerla impecable. Luego señaló la hilera de zapatos de las demás, acomodados al lado de la pared del vestíbulo. Entre ellos, ¡había un par de zuecos rojos como los que yo llevaba puestos! En ese momento se agitó mi corazón, se me erizó la espalda y mis manos comenzaron a transpirar. Me disculpé inventando un compromiso que en ese momento recordaba y me fui sin despedirme. No podía creer que Talina estuviera en esa casa y que fuera parte del grupo de amigas en el cual, según yo, me refugiaría de ella.

—Pero, ¿cómo? Alejandra sabía que Talina era el motivo de tu agobio... ¿O nunca le dijiste de quién se trataba?

Raquel prosiguió sin prestar atención al padre Villaseñor:

—Salí de prisa y caminé hacia la esquina. Había dejado mi auto aparcado a la vuelta. Al avanzar, escuchaba por detrás pasos que se acercaban a mí, pasos muy ruidosos, de suelas de madera, como las de mis zuecos. Las pisadas sonaban como un eco a las mías, pero cada vez más aceleradas y cercanas. Sentía que el corazón me iba a estallar. Me apresuré a doblar la esquina a la derecha y corrí a mi automóvil. No era fácil correr con los zuecos. Llegué al auto, pero los nervios me impedían encontrar la llave en mi bolso. Las pisadas de madera se escuchaban más cerca de mí, hasta que escuché la voz de Alejandra, llamándome.

—¿Alejandra? ¿No era tu vecina Talina quien te seguía?

—Padre, me llena de vergüenza tan solo recordarlo. Era Alejandra quien me seguía, calzando los zuecos rojos que vi en la casa de su amiga. Eran de ella. La realidad era que Talina, en efecto, no tenía vela en ese entierro. Pero tal era el miedo que le tenía, que un par de zapatos fue suficiente para aterrarme. Como se había probado mis zuecos una vez y le habían gustado, pensé que también se había comprado unos iguales… solo porque así eran los míos…

—Ah, ya comprendo.

—Alejandra se preocupó por mí al ver la forma intempestiva como me fui apenas llegaba y vino a ver qué me ocurría. Me sentía tan apenada, que ya no quise volver donde sus amigas. No quise contarle a Alejandra que salí corriendo tan solo por haber visto sus zuecos iguales a los míos. Sus amigas habrían pensado que estoy loca. Y quizás con razón… ¡Me estoy volviendo loca!

—Eso no está bien, hija. Es demasiada tu angustia. Debemos trabajar en ello. Yo puedo ayudarte. Aunque me preocupa el acoso de esa mujer. Supongo que, viviendo a tu lado, es imposible que la evites para siempre.

—En efecto. Era imposible que no llegara el día en que tuviéramos otro encuentro.

—¿Cómo fue? —preguntó el padre Villaseñor, sirviendo más té en la taza de Raquel y tomando otra pasta seca de la bandeja.

—Una mañana, me alcanzó en el estacionamiento del supermercado. Guardaba yo las bolsas de víveres en el maletero de mi auto cuando me abordó por detrás.

—¿Qué hizo?

—Me saludó como de costumbre, de lo más

normal. Llevaba lentes para el sol y un bolso negro de piel como el que mamá me había obsequiado. Al notarlo, el sobresalto que me causó su aparición repentina se tornó en irritación.

—Puedo imaginarlo.

Como si nada, se lamentó de que no hubiéramos coincidido en semanas. Luego me pidió un favor que me hizo explotar por fin.

—¿Qué fue lo que te pidió?

—Manifestó que estaba pasando por un gran apuro, que su esposo había perdido su empleo, tenían que pagar las colegiaturas de sus hijas y los medicamentos y tratamientos para atender su "lupus" eran muy caros, por lo que me pidió prestados Q15,000 quirinales.

—Es una fuerte suma de dinero —exclamó sorprendido el sacerdote.

—¡No solo eso, padre! Si Rodrigo había perdido su empleo, ¿cómo podía ella estar estrenando auto? Además, resulta que el supuesto Alzheimer del que me habló y que a Blanca había dicho que era leucemia, ¡se había convertido ahora en lupus! Esta mujer no se cansaba de querer tomarme el pelo.

—Decías que explotaste por fin…

—Así fue. Le eché en cara cada una de sus mentiras lo mismo que su auto nuevo, le exigí dejar de imitarme, le ordené dejar de espiarme desde su ventana y le advertí que no se acercara más a mi familia: ni a mí, ni a mi marido y mucho menos, a mi hija. Me subí en mi auto y me marché a toda velocidad.

—Vaya. ¿Hace cuánto de eso? —preguntó el sacerdote llevando su índice derecho a la barbilla.

—Cuatro meses, padre. Pareciera que el tiempo vuela, pero para mí, ha sido eterno. Estos últimos cuatro meses han sido un verdadero infierno. Lo peor estaba apenas por comenzar. Y esto que le voy a contar, padre Villaseñor, no le va a gustar, porque sucedió en esta misma parroquia, donde me clavaron un puñal por la espalda.

El sacerdote abrió sus ojos verdes, mirando perplejo a Raquel.

# ~ 14 ~

El sábado siguiente al incidente del supermercado, llegué con Mariana a la parroquia, para la clase de catecismo. Me esperaban en la puerta del salón sor Humberta y la señora Estela. Alejandra y la hermana Engracia se encontraban dentro, disponiendo el salón para la clase.

—Buenas tardes, sor Humberta —saludé—. Estelita, ¿cómo está?

Al intentar cruzar la puerta, la monja extendió su brazo, indicándome que me detuviera. Estelita se dirigió a Mariana:

—Pasa al salón, pequeña. Ayuda a sor Engracia a separar los lápices de colores y a colocarlos en todos los pupitres.

—Dígame, hermana —pregunté desconcertada a sor Humberta, aunque conociendo ya sus malos modos.

—No puede usted pasar, señora —me indicó. Alejandra alcanzó a escuchar a la monja y se acercó intrigada.

—No comprendo, sor Humberta. ¿Por qué no puedo pasar a la clase?

—Será mejor que nos acompañes, Raquel, no es prudente conversar al lado del salón del catecismo —indicó Estela.

Me condujeron hacia otro de los salones, apartado del salón del catecismo. Alejandra intentó venir también, pero la monja se lo impidió.

—¡Es un asunto confidencial, señora! Vuelva usted al salón —le ordenó. Yo le hice un gesto agradeciendo su apoyo y pidiéndole que no se preocupara.

El salón en el que entramos tenía varias sillas plegables, acomodadas en círculo. Estela apartó tres y las acomodó en triángulo. Nos sentamos. Se hizo un silencio incómodo… Sor Engracia me miraba fijamente con su rostro adusto. Estela miraba esquiva hacia abajo, contemplando un bolígrafo con el que jugaba entre las manos.

—¿Me pueden explicar de qué se trata? ¿Para qué me hicieron venir en privado?

Estela miró a la religiosa, que por fin habló.

—Mire, señora: no puede usted dar clases de catecismo en adelante —sentenció implacable.

Me la quedé mirando confundida. Después miré a Estela, que añadió:

—Tampoco puedes llevar ya la comunión a los enfermos, Raquel.

—No comprendo… Tomé los cursos que me pidieron. He sido puntual a todas las clases y siempre traigo preparado el material que me toca presentar a los chicos. Siempre que me han pedido llevar la comunión a un enfermo, he acudido de inmediato. ¿Acaso alguno de ellos ha expresado alguna queja?

—Ellos no —respondió Estela.

—Tampoco podemos quejarnos de la forma en que enseña el catecismo—aclaró la monja, como lamentando no tener qué criticar en ese aspecto—. Sin embargo, hemos recibido una queja muy seria en su contra.

Me sentía incómoda hasta ese momento, pero ahora me sentía bastante inquieta.

—¿Una queja? ¿De quién? ¿De qué se han quejado?

—Una de las madres de familia ha interpuesto una queja en la parroquia. No es usted apta para trabajar con menores.

—En consecuencia, tampoco con personas vulnerables, como los enfermos —remató Estela.

—¿De qué hablan? ¿Me pueden explicar? —cuestioné exaltada.

—Sencillamente, porque no es usted capaz de atender a su propia hija, señora. Nos dieron la queja por escrito con copias de fotografías que muestran cómo una vecina suya tiene que recoger a su hija del colegio, darle de comer y de cenar y ayudarla en sus deberes escolares porque usted no la atiende.

—¿QUÉ? —exclamé furiosa—. ¿Cómo pueden decirme esto? ¿Cómo pueden creer esta mentira? Es una calumnia total. ¿Acaso no han visto que todos los sábados vengo yo misma con mi hija al catecismo?

No podía creer que Talina usara en mi contra las fotos que me enviaba de Mariana mientras tomaba yo los cursos en la catedral. Yo que pensaba que lo hacía para no me preocupara por mi hija...

—La acusación la hizo Talina Olmedo, ¿no es así?

—Esa información es confidencial —declaró la

monja.

—No me venga con eso, hermana —refuté, sintiendo que no le tenía miedo pese a las ínfulas que le gustaba darse, sintiéndose la madre superiora.

—Tenemos protocolos que seguir, señora. Ante todo, la seguridad de los niños.

—Lo entiendo, sor Humberta. La seguridad de los chicos es lo primero, y más debe serlo en la Iglesia. Pero imagino que los protocolos implican hacer una investigación a las dos partes antes de tomar medidas drásticas. ¿Está enterado de esto el párroco? ¿Lo sabe también el padre Miguel, que es el encargado de los ministros extraordinarios de la sagrada comunión?

—No ha sido necesario molestar con esto a los sacerdotes. Ellos están muy ocupados —contestó Estela—. Recuerda que yo estoy aquí para coordinar todas las actividades en la parroquia.

—Ah, ¡qué bien! Entonces, la decisión la tomó usted, Estelita. Pues ¿qué se cree? ¿el señor obispo para saltarse la autoridad del párroco? —le reclamé, sintiéndome alterada.

—Yo respaldé esa decisión —interpuso la monja —. Sea respetuosa con Estelita. Ella siempre ha sido muy buena.

—Pues será el sereno, sor Engracia. Pero en este caso, la señora Estela está siendo muy injusta. Además, estoy segura de que ustedes dos se están tomando atribuciones que no les corresponden. Esta decisión la debió tomar el párroco. Estoy segura de que, si lo hubieran tomado en cuenta, no estaríamos teniendo esta discusión.

—La decisión está tomada —insistió la monja.

—Pues sepan que están tomándola basándose en una calumnia. Talina Olmedo ofreció cuidar de mi hija durante una semana por las tardes, con el único fin de que pudiera yo tomar los dos cursos en la catedral que ustedes me pidieron y así poder servir en la parroquia. Deben saber también que ella es una mentirosa de clase mundial. Y si ha presentado esta queja, es tan solo porque se está vengando de mí.

—Pues, si es una venganza, será porque algo le habrá hecho usted primero, ¿no cree? —replicó con sarcasmo sor Humberta. Su crueldad era hiriente.

—Lo que creo, hermana—, dije poniéndome de pie para marcharme —es que por culpa de monjas como usted, muchos se han alejado de la Iglesia y hasta han perdido la fe. Y de eso tendrán que darle cuenta a Dios. Ojalá todas las religiosas de su congregación fueran como sor Engracia. Ella sí que sabe hacernos sentir que hay un Dios que nos ama.

Salí de allí llorando de rabia, de frustración y de impotencia. Me enjugué las lágrimas con la manga del suéter y me acerqué a la puerta del salón del catecismo. Evitando que Marianita me mirara, hice una seña a Alejandra para que viniera. Acudió de inmediato. Salimos al atrio y nos sentamos en la fuente del jardín.

—Raquel, ¿qué pasó? ¿Por qué vienes así?

Le conté lo que había sucedido y le pedí que llevara a Mariana a mi casa al terminar la clase del catecismo.

—Amiga, por supuesto. Sabes que estoy contigo de forma incondicional. Esto que me dices es increíble. Deberías hablar con el padre Villaseñor. No es posible que se salten así su autoridad y menos para un asunto tan delicado. ¿Quieres que hable yo con él?

—No, Alejandra. No lo hagas. Debo poner en orden mis ideas. En este momento, no sé ni lo que quiero. Solo deseo irme de aquí.

—Raquel, me preocupa que esa vecina tuya te haya

hecho esto. Una cosa es que te imite en todo. Otra más seria es que te acose. Todavía más serio y peligroso es que ya llegó al punto de actuar para hacerte daño. Esto puede escalar a más. Podría presentar una acusación similar en el colegio de tu hija.

—Alejandra, me asustas.

—Créeme que si alguien sabe hasta dónde puede llegar la maldad de las personas, soy yo, Raquel. No te digo esto para agobiarte más. Te lo digo porque debes tomarte esto en serio y ser precavida. Por experiencia te digo que debes hablar con un abogado.

—¿En verdad lo crees?

—Estoy convencida. Además, puedo presentarte a uno muy bueno. Él nos ayudó a que mi marido saliera de la cárcel y ahora es un buen amigo de la familia.

—¿Bruno estuvo en prisión? —pregunté sorprendida.

—Sí, Raquel. Bruno estuvo en prisión, acusado injustamente de un crimen que nunca cometió[1]. Nuestro abogado, Domingo Lizarrabengoa, hizo un trabajo maravilloso y Bruno estaba fuera en una semana y con su nombre totalmente limpio. Creo que sería muy bueno que vayamos a verlo.

Alejandra volvió al salón del catecismo y yo salí de la parroquia. Detrás de mi automóvil, estaba aparcado uno idéntico, con Talina al volante. Venía acompañada de su hija mayor, Yolanda. Al verla, no pude controlarme.

—¡Escúchame, Talina! ¿Qué te has creído?

Ella me ignoraba. Su hija me miró sobresaltada.

—¡Te estoy hablando, Talina! ¡Baja la ventanilla en este momento o sal de tu auto!

---

[1] *N.A. Ver mi libro* El laberinto del perdón.

Fingía no escucharme. Su hija se inquietaba.

—¿CÓMO TE ATREVES A HACER SEMEJANTE ACUSACIÓN? ¿POR QUÉ QUIERES HACERME DAÑO?

Al escuchar que yo alzaba la voz, Talina encendió su auto. Lo echó un poco hacia atrás y torció el volante a la derecha, para entrar al arroyo. Se quedó detenida esperando a que pasara un auto que venía por detrás. Notando que intentaba marcharse, golpeé dos veces en su auto para llamar su atención, con mi palma derecha sobre su parabrisas y con mi palma izquierda sobre el cofre.

—TALINA, ¡DETÉN EL AUTO Y BAJA AHORA MISMO! ¡TENEMOS QUE HABLAR Y TERMINAR CON ESTE JUEGO!

Pasó el auto que venía por detrás. Talina pisó el acelerador para incorporarse al arroyo. Golpeé su auto con mis palmas tres veces más.

—¡TALINA!... !DETENTE!... !TALINA!...

Llegué a casa deprimida. Elías hacía ejercicio en su gimnasio como todos los sábados por la tarde. Se sorprendió de verme llegar temprano y sin Mariana. Me recosté bocabajo en nuestra cama y lloré. Él vino y se sentó a mi lado, acariciando mi nuca hasta que cesó mi llanto.

Una vez que le conté lo que había ocurrido en la parroquia, me propuso con decisión:

—Cielo, ¿y si volvemos a Puerto Real?

De inmediato me incorporé y me senté a su lado, mirándolo a los ojos.

—Capitán Tanús, por eso lo amo tanto... Pero esa no es la opción, mi vida. Tu trabajo está aquí. Nos costó mucho tomar la decisión de mudarnos a la capital y aquí estamos. ¿No crees que sería injusto decidir regresar y que tú renuncies a tu empleo a causa de esa bruja? No podemos permitirle decidir nuestro destino.

—No sé, cielo…

—Debemos luchar por lo que es nuestro, Elías. Esta casa es nuestra. Este hogar es nuestro. ¡Y tu empleo! Tú amas la aviación. En Puerto Real tendrías que olvidarte de ella por completo. Todo esto es nuestro y nada ni nadie lo va a destruir.

Me recosté de nuevo boca abajo y Elías acarició mi cabeza hasta que me quedé dormida. Él volvió a su gimnasio, recibió a Mariana más tarde, le preparó su merienda y la llevó a dormir. Me despertó a eso de las 9 de la noche.

—Cielo, tienes una llamada.

—¿A estas horas? —pregunté extrañada. Bajé a la sala a contestarla. Tomé la llamada de pie.

—¿Diga?

—¿Señora Raquel?

—Sí, soy yo, ¿quién habla?

—Soy sor Engracia. Disculpe que la llame a esta hora.

—Pierda cuidado, hermana. Usted dirá.

—Señora Raquel, al terminar la clase del catecismo la señora Alejandra me puso al tanto de lo que ocurrió esta tarde. No me dio muchos detalles. Solo me explicó que sor Humberta ya no le permitirá dar clases con nosotras.

—Lamentablemente, así es hermana —asentí mientras tomaba asiento en la silla al lado de la mesita del teléfono.

—De camino al convento, sor Humberta me explicó todo lo ocurrido. Bueno, digamos que la presioné para que lo hiciera. Me habló también de la decisión de Estelita de retirarla de los ministros extraordinarios de la sagrada comunión.

—Pues, ¿qué le digo, hermana? Así las cosas.

—Decidí llamarla tan pronto tuviera yo privacidad. De hecho, ya debería estar en mi celda. A las nueve debemos recogernos para dormir. Pero me escapé al teléfono sin que las demás se dieran cuenta. Solo quiero decirle que yo estoy convencida de que es usted una buena mamá. Basta con verla y con mirar la forma como interactúa con Marianita. Además, Marianita le expresa a usted un gran cariño de forma muy espontánea. Ese tipo de cariño solo lo manifiestan los niños que se sienten amados por sus padres. Es triste que sor Humberta no sea capaz de leer el corazón de las personas. Tenemos que rezar mucho por ella. Pero, por favor, señora Raquel, sepa que, aunque no esté en mis manos hacer que reviertan la decisión que han tomado, cuenta usted con mi afecto y de hoy en adelante, con mis oraciones muy especiales cada tarde, cuando visite al Santísimo.

Mis ojos se llenaron de lágrimas mientras escuchaba la dulce voz de la joven religiosa. Las enjugué con el dorso de mi dedo.

—Hermana Engracia, no imagina usted el bien que me ha hecho su llamada. Desde que la conocí supe que es usted una buena religiosa, de esas que saben transmitir el amor de Dios a los demás. Su llamada me comprueba que no estaba yo equivocada.

—No diga nada, señora. Es usted muy amable.

—Solo digo la verdad.

—También la llamo para pedirle un gran favor.

—¿En qué la puedo servir?

—Comprendo que, por lo que ha sucedido, pudiera usted sentirse molesta con la parroquia.

Entenderé si usted y su familia deciden no venir más. Créame que la comprendo, pero también estoy segura de que tiene usted su fe en Dios bien afianzada y que, si ya no vienen más a misa a Santa Catalina Labouré, lo harán a otra parroquia.

—Tiene usted toda la razón, hermana. Mi fe en Dios y mi amor a la Iglesia no se han visto afectados. No sé si seguiremos yendo a misa a Santa Catalina Labouré o si buscaremos otra parroquia. Ni siquiera lo he pensado.

—Me alegra saberlo. De cualquier forma, el favor que le quiero pedir es este: permita que Marianita continúe con nosotras su catecismo. Ella va muy bien. No dude que la señora Alejandra y yo la cuidaremos y nos aseguraremos de que esté siempre bien en nuestra clase.

—Es usted muy buena, hermana. Y Alejandra se ha convertido en mi mejor amiga. Estoy segura de que Marianita podrá continuar con ustedes. La preparación para su primera comunión debe seguir adelante.

# ~ 15 ~

La semana siguiente transcurrió sin mayor relevancia, aunque pusimos en práctica algunos ajustes. Llamamos a un carpintero y le pedimos instalar una mirilla en la puerta. Así, podría yo mirar hacia afuera cada vez que alguien llamara y asegurarme que no fuera Talina. Elías llevaba ahora a nuestra hija al colegio por las mañanas, evitándome toda ocasión de toparme con la vecina incómoda al volver yo a casa. También él la llevaría al catecismo y la recogería los sábados. Aunque la hija de Blanca era compañera de Mariana en el Hermitage y en el catecismo, también lo era Alicia, la hija de Talina. Por esa razón, no le pedí a ella que llevara o trajera a Marianita. Prefería a toda costa evitar la desafortunada coincidencia de que un día Blanca hiciera favor de llevar o traer a Marianita y que ese mismo día a Talina se le ocurriera pedirle un favor igual para con su hija. Era mejor guardar toda la distancia posible y no tomar riesgos.

El viernes, las cosas comenzaron a teñirse de un tono más siniestro. Por la tarde se dejó caer un aguacero. Ya era otoño y los días eran más frescos. Me propuse tejerle un suéter a Mariana y un chaleco a Elías como obsequio de Navidad. Ya había comprado los estambres, las agujas y una revista de tricot con diseños que me gustaron para ellos. Mariana jugaba en su habitación después de terminar sus deberes. Yo tejía en el cuarto de TV, con el televisor encendido, pero sin prestarle atención. Por la ventana detrás del sofá entraba de cuando en cuando el fulgor de un relámpago, seguido instantes después por el furor de un trueno.

Alrededor de las 6:30, llamaron a la puerta. Elías no había vuelto del trabajo, aunque no tardaría en llegar. Antes de abrir, verifiqué a través de la mirilla nueva de la puerta que no fuera la vecina. Me extrañó ver a dos agentes de policía. Abrí y pude ver una patrulla aparcada frente a mi casa.

—Buenas tardes, oficiales.

—Buenas tardes, señora. Buscamos a la señora Raquel Orozco de Tanús. ¿Es usted?

—Soy yo —indiqué, comenzando a sentirme inquieta.

—Venimos del Departamento de Policía de Buenaventura. Soy el Inspector Víctor Armenteros. Me acompaña el agente Wenceslao Ordóñez —se presentó, alzando la voz para hacerse escuchar en medio del ruido de la lluvia que caía sin piedad. Me mostró su identificación, a la cual no puse mucha atención. Él vestía de civil. El agente que lo acompañaba vestía como policía y al ser presentado, tocó la visera de su gorra con dos dedos juntos, de forma ceremoniosa.

—¿A qué se debe su visita? —pregunté, alzando también mi voz, que era opacada por la lluvia. Temía que estuvieran allí para informarme que algo había sucedido a Elías.

—¿Nos permite pasar, señora?

Me quedé pensativa unos momentos. No sabía si sería prudente. Alguna vez, creo que en la radio, había escuchado que nunca se debía dejar pasar a la policía a casa a menos que trajeran una orden oficial. Además, estaba yo sola con Mariana y no quería que se inquietara al ver entrar a los policías.

—No lo sé, inspector. Estoy sola con mi hija de 8 años en casa. No quiero alarmarla. Mi esposo no debe tardar en llegar. Acostumbra estar aquí alrededor de las 6:45. A más tardar, a las 7.

Ahora fue el inspector quien se quedó pensativo. El agente que lo acompañaba lo miraba.

—Verá, señora. Este asunto le compete a usted. No sé si podamos esperar a su marido. Tenemos cosas que hacer.

Queriendo hacerme la valiente, lo cuestioné:

—¿Tiene una orden oficial, para poder permitirle la entrada? De lo contrario, podemos hablar aquí mismo.

—Sí, señora. De hecho, la tengo. Pero hablemos aquí, para no inquietar a su hija —accedió de forma comprensiva. Agradecí que la casa tuviera un pequeño porche en la entrada. Nos guarecería de la lluvia y podríamos hablar allí sin alarmar a Marianita.

—Ordóñez… el documento.

El agente le entregó un sobre del que Armenteros extrajo lo que parecía una carta impresa en papel blanco, con una copia adjunta en papel amarillo. Me anunció con solemnidad:

—Señora Raquel Orozco de Tanús: le hago

entrega formal de la Orden de Restricción solicitada por la señora Talina Olmedo de Blanco y autorizada por el Juez Humberto Salas Castrillón, Magistrado del Juzgado Núm. 12 de lo Civil de la Ciudad de Buenaventura, que dice así:

En respuesta a la solicitud de Talina Olmedo de Blanco, motivada por el ataque con violencia perpetrado por la señora Raquel Orozco de Tanús al automóvil en que viajaban Talina Suquet de Olmedo y la menor Yolanda Olmedo Suquet el pasado sábado 3 del presente mes, el Juez Humberto Salas, Magistrado de la Corte Núm. 12 de la Ciudad de Buenaventura, dictaminó que se emitiera la presente Orden de Restricción, que prohíbe a la señora Raquel Orozco de Tanús todo acercamiento físico a una distancia menor a 20 metros a las personas: Talina Suquet de Olmedo, Rodrigo Olmedo Navarro, Yolanda Olmedo Suquet y Alicia Olmedo Suquet, así como al domicilio de la familia Olmedo Suquet, ubicado en la Calle París número 67. Se prohíbe también a Raquel Orozco de Tanús todo contacto y comunicación con las personas antes nombradas por cualquier medio, incluyendo: viva voz, teléfono, mensajes de texto, correo electrónico, redes sociales, correo postal o a través de terceros.

La vigencia de esta restricción es de 180 días contados a partir de la fecha de expedición del presente documento. Esta restricción temporal podrá ser renovada al término de su vigencia a solicitud de la quejosa y a criterio de un juez de la corte civil.

La violación a esta orden de restricción constituye un delito menor de primer grado, punible con una multa de hasta Q5,000 quirinales y tiempo en prisión de hasta un año.

Emitida en la Ciudad de Buenaventura, República

de Costa del Sol, el 5 de noviembre de 2018.

Sentí que mi mente se ponía en blanco, mi mirada se nublaba y las piernas me temblaban. Me sostuve del antebrazo del agente Ordóñez.

—Señora, ¿se siente bien? —me preguntó, al tiempo que me sostenía y me ayudaba a descender, para sentarme en el piso. Me recargué en el marco de la puerta, que permanecía entreabierta.

—Tráigale una botella de agua, Ordóñez.

—En seguida, inspector —obedeció, echándose a correr bajo la lluvia hacia la patrulla. Volvió al instante con una botella de agua. La abrió y me la dio.

—Esto me ha causado una gran impresión, inspector.

—Tranquilícese, señora. No es para tanto. Simplemente, acate lo que esta orden indica —ordenó Armenteros.

—Y por su bien, señora —advirtió el teniente Ordóñez —no desacate por ningún motivo las restricciones de esta orden. En verdad nos tomamos muy en serio cualquier violación a una orden de restricción.

Elías llegaba en ese momento. Al ver la patrulla frente a la casa, al par de policías a la puerta y a mí sentada en el piso, se alarmó. Dejó el coche en la entrada de la cochera y corrió a nuestro encuentro.

—¡Cielo! ¿Qué pasa? ¿Te sientes bien? —preguntó contrariado.

—No me siento bien, mi vida. Los oficiales me han dado una orden de restricción.

—¿Una orden de restricción? ¿Y qué rayos es eso?

—Aquí tiene… señor Tanús, supongo.

—Elías Tanús, oficial.

—Soy el inspector Víctor Armenteros. Lea esta orden del juez —le pidió, extendiéndole las dos hojas.

Elías leyó la orden de restricción a toda velocidad. Después, la releyó tres o cuatro veces, con más detenimiento, intentando comprender lo que estaba ocurriendo.

—¡Es inaceptable, señores! Esta tal Talina Olmedo le ha hecho la vida imposible a mi esposa desde hace tres meses. Su acoso es de película de terror. No deja de espiarnos desde su ventana, sigue a mi esposa a todas partes, se viste como ella, compró un coche idéntico al que yo le compré a mi esposa, le miente para sacarle dinero... ¡Somos nosotros quienes debiéramos pedir una orden de restricción! ¡No ella!

—¿Es cierto lo que dice su marido, señora? —interrogó Armenteros.

—Totalmente cierto, inspector —aseguró contundente Elías.

Armenteros le creyó. Me advirtió entonces:

—Creo que debe saber que la quejosa manifestó que usted la acosa y que la imita. La acusó de comprarse un auto como el suyo.

Yo escuchaba al inspector sin poder dar crédito a sus palabras. El inspector continuó:

—El juez descartó todas esas acusaciones, pero sí tomó en cuenta la agresión al automóvil. Las descartó porque ninguna de ellas es delito. Por igual, me temo que, por incómodo que a ustedes resulte lo que su marido me ha contado, nada de eso es delito alguno: Existe la libertad de tránsito en Costa del Sol, por lo que cualquiera puede ir a donde le plazca y colocarse donde quiera, siempre y cuando no ingrese sin autorización a una propiedad privada o gubernamental o traspase los límites impuestos por una orden de restricción. Así que su vecina puede seguirla a donde guste. Pero usted ya no, porque existe esta orden de restricción. También, su vecina puede vestir como desee, que no es delito. No se diga comprar un coche.

—Y… ¿entonces?

—Mire, señora, lo mejor es que acate usted esta orden del juez y no se meta en problemas. Firme por favor como acuse de recibo. La carta original en papel blanco es para usted. La copia rosa es para nosotros.

Me extendió un bolígrafo que sacó del bolsillo de su camisa. Con mano temblorosa, tracé mi rúbrica. Luego, firmó el teniente Ordóñez como testigo.

Los policías se marcharon. Elías me ayudó a poner de pie y entramos en la casa.

—Elías, es demasiado. Esta mujer está llevando las cosas a un nivel intolerable.

—Estoy de acuerdo, Raquel. Imagínate, ¿qué sucederá cuando haya algún evento escolar? Según esta orden, no podrías ni entrar al auditorio del colegio para ver a Mariana porque allí también estaría la loca esa viendo a su hija.

Nos sentamos en la barra de la cocina.

—¿Y si ella se acerca a mí? ¿Debo entonces alejarme? El otro día se me acercó por detrás en el supermercado. Si lo hace de nuevo, ¿tendré que salir de allí para evitar que me acuse de haber roto la orden de restricción? Pareciera que esta carta le da el poder de controlarme a su antojo. De por sí…

—Tal vez sea bueno consultar un abogado.

—Eso mismo me sugirió Alejandra el sábado que me echaron del catecismo aquellas dos. Pensé que exageraba un poco. Ahora veo que tenía razón. Ella nos puede poner en contacto con un abogado muy bueno que trabajó con su marido. ¿Sabes que estuvo en prisión?

—¿En prisión? ¿Y eso por qué?

—No me dio los detalles. Lo acusaron falsamente

y este abogado demostró su inocencia y lo sacó de la cárcel en menos de una semana. ¡Imagínate! No quiero ni pensar lo que será pasar en un lugar así tan solo una noche.

—Pídele a tu amiga de inmediato que te dé el teléfono de ese abogado —me indicó, desatándose la corbata mientras se ponía de pie para subir a cambiarse de ropa.

Llamé a casa de Alejandra. El teléfono timbró tres veces y respondió su marido.

—Diga.

—¿Bruno?

—Sí, ¿quién habla?

—Buenas noches, Bruno. Soy Raquel. ¿Me comunicas con Alejandra por favor?

—Claro que sí. Un momento.

Escuché que la llamaba con un grito ahogado por su mano que intentaba cubrir el auricular:

—!ALEEEEEEE! !TIENES LLAMADA! !TU AMIGA RAQUEL!

Elías bajó apresurado al escucharme hablar por teléfono.

—No pensé que la llamarías tan pronto. Esto me interesa.

—Tú mismo acababas de pedirme que la llamara de inmediato. No hay tiempo que perder, mi vida... ¿Alejandra?, hola, ¿cómo estás?... Algo grave acaba de suceder. ... ... Estoy bien, no te preocupes, mañana te cuento. ¿Me puedes dar el número de tu abogado?... ... ... ... ... Ah, comprendo.... .... Sí .... .... Sí .... .... Sí .... ....

Elías hizo un ademán con la cabeza queriendo saber qué me decía mi amiga. Levanté la mano indicándole que aguardara y me dejara escuchar.

—Te lo agradezco mucho... Ustedes también.

Hablamos pronto, cuídate.

—¿Qué te dijo? —preguntó Elías ansioso.

—Alejandra no tenía a la mano el número del abogado y estaba por servir la cena. Pero me prometió que esta misma noche lo llamará y le pedirá que se comunique con nosotros cuanto antes.

# ~ 16 ~

Alejandra me llamó a las 10 de la noche. Se había quedado preocupada. La puse al tanto de lo ocurrido. Me animó al decirme que acababa de hablar con su abogado y me ofreció rezar por mí.

Esa noche no pude dormir. El insomnio suele traer consigo los fantasmas más siniestros. Daba vueltas en la cama recordando una y otra vez la visita de la policía y las palabras de la orden de restricción. Me inquietaba imaginar qué más podría hacer Talina para hacerme daño. Además, no lograba comprender por qué lo hacía. Al principio, aun con sus mentiras, nuestra relación había sido más que cordial. Intuí en ella una buena amiga. Por supuesto que caras vemos y corazones, no sabemos, pero esto era demasiado. Miraba el reloj despertador continuamente y el tiempo que marcaba transcurría tan lentamente... A las 3:40 decidí levantarme. Me pasé al cuarto de TV y encendí el televisor. Transmitían un documental sobre las algas. Me pareció una buena opción. Mientras más aburrido, mejor. Tal vez eso me ayudaría a conciliar el sueño.

Tomé el tejido que había dejado en el sofá esa tarde y comencé a dar puntadas mecánicamente. Después de unos minutos decidí dejarlo para después. Bajé a la cocina y preparé un té de tila. Subí con él de nuevo a la sala de TV y me acurruqué de lado en el sofá, sorbiendo la tila caliente lentamente mientras en la TV explicaban algo sobre las algas pardas de Australia. Comencé a cabecear. Dejé la tila a un lado, abracé uno de los dos cojines del sofá y cerré los ojos.

El lunes por la mañana, recibí la llamada del licenciado Domingo Lizarrabengoa, en punto de las 8:50, con el interés de ayudarnos a la brevedad. Me ofreció una cita a las 11, en su despacho en el número 176 de la Avenida del Marqués.

Me costó trabajo localizar a Elías. Estaba ocupado supervisando la instalación de un simulador de vuelo nuevo, que habían recibido hacía unos días. Le ilusionaba que lo instalaran porque él mismo debía probarlo. Si bien, por su salud no podía más pilotear de verdad, los modernos simuladores le permitían soñar un rato en tercera dimensión y disfrutar lo que más le gustaba en la vida. Unos días antes, me había contado con emoción de esos planes y yo lo escuchaba con ternura, imaginando un adolescente que se muere por ir a probar el último juego de video. Lo llamé por teléfono en tres ocasiones y lo más que pude hacer fue dejarle sendos mensajes de voz.

Pensando que acaso no pudiera acompañarme Elías a la cita con el abogado, llamé a Alejandra y le pedí que ella viniera conmigo. Suelo ser independiente y resolver mis asuntos sola siempre que es necesario.

Tuve que acostumbrarme a ello viviendo tantos años con un piloto que pasaba fuera de casa gran parte del tiempo. Esta vez, sin embargo, me sentía frágil. Necesitaba sentirme acompañada. Mi amiga comprendió, explicándome que ella misma se sentía así cuando Bruno fue detenido y cómo la compañía de su amiga María Luisa la había fortalecido. Se ofreció a pasar por mí y llevarme con el abogado:

—Hagamos algo, amiga. Yo te llevo con el licenciado Lizarrabengoa. Así, te puedo presentar con él personalmente. Si Elías no logra escuchar a tiempo tus mensajes o no puede asistir, te acompaño durante toda la cita. Si él llega, aunque sea tarde, me despido y los dejo solos. ¿Te parece?

Su idea me parecía estupenda. Era una bendición contar con una amiga que en verdad me comprendiera mejor que nadie. Recordé cuando Talina fingió empatizar conmigo fingiendo haber perdido un bebé igual que yo y me sentí tensa. Apreté los puños y la mandíbula. ¿Cómo pude confiar en ella, así nada más? El hecho de que nos espiara desde su ventana era razón suficiente para no hacerlo y aun así, confié en ella. Ahora me había clavado un puñal por la espalda. Me convirtió en su víctima y con su astucia para mentir, me había hecho parecer su victimaria ante la ley.

Llegamos al despacho del abogado a las 10:45. Estaba ubicado en el tercer piso de un pequeño edificio de cuatro. Tomamos el ascensor y al salir, seguí a Alejandra, que conocía el camino. Al entrar en la antesala, encontramos una mujer de unos 50 años, con el cabello negro y corto, estirando su brazo sobre una pecera rociando alimento para los peces. Al escucharnos detuvo su faena y nos saludó en un tono muy formal y refinado. Medía quizás 1.60, pero sus tacones la hacían parecer más alta. Llevaba una falda negra y una blusa blanca. De un perchero, al lado de su escritorio, pendía el saco que completaba su traje sastre.

—Buenos días, señoras.

—¿Señorita Alanís? —saludó con sorpresa Alejandra.

—La misma, señora Zárate —le respondió sonriendo. Se acercó a nosotros y me extendió la mano, presentándose—. Socorro Alanís, a sus órdenes.

—Mucho gusto, señorita Alanís. Yo soy Raquel Tanús.

—Tomen asiento, por favor.

—No sabía que trabajaba ahora con el licenciado Lizarrabengoa, señorita.

—Tengo poco tiempo aquí. Apenas serán tres meses.

—Vaya.... Pues qué sorpresa.

—Aguarden un momento. Avisaré a Domingo... al licenciado, que ya están aquí. Me parece que atendía a un cliente por teléfono.

La secretaria llamó dos veces a la puerta de la oficina del abogado y la abrió. Entró, cerrando la puerta detrás.

—¿La conoces? —le pregunté a mi amiga en voz baja.

—Sí. Era la asistente del presidente de la cementera donde trabaja mi marido. No tenía idea de que trabajaba ahora con Lizarrabengoa.

—Con "Domingo" —la corregí, dándole un ligero codazo. Me guiñó el ojo en respuesta.

Nos quedamos calladas mirando el ir y venir de un gran pez cirujano de color amarillo, que se desplazaba a toda velocidad meneando sus minúsculas aletas dorsales. Un pez ángel blanco nadaba con lentitud y soberbia mientras un pez payaso se quedaba quieto entre los corales. Se escuchaba el zumbido y el burbujear de la bomba de aire. La puerta de la oficina se abrió.

—Pasen, por favor. ¿Gustan café?

—Yo sí. Gracias —aceptó Alejandra. Claramente, se sentía en confianza.

—Estoy bien así, se lo agradezco —rechacé yo.

—En un momento se lo traigo.

El abogado nos recibió de pie. Vestía un elegante traje príncipe de Gales, una camisa blanca desesperantemente impecable y una corbata de amibas en azul y rojo. Los puños de su camisa estaban rematados por mancuernillas con el monograma DL, sus iniciales.

—¡Alejandra! ¡Qué gusto saludarla! —exclamó con sinceridad, dándole un sutil abrazo —¿Cómo están Bruno y los chicos?

—Muy bien, licenciado. Bruno le envía saludos. Esta es mi querida amiga, Raquel.

—Señora... es un placer —me saludó, estrechando mi mano galantemente.

—Tengan la bondad... —nos pidió, ofreciéndonos las sillas frente a su escritorio con su palma extendida. Él tomó asiento en su sillón de piel. En su escritorio había dos pilas de papeles, un teléfono y una estatuilla del Quijote de la Mancha.

—No sabía que Socorro Alanís era su asistente —observó Alejandra.

—Sí. Trabaja conmigo desde agosto.

—Llevaba toda la vida trabajando en CEMECONS, ¿no es así?

—Toda la vida. Ya podía retirarse con una buena pensión y decidió hacerlo.

—Me imagino que Conrad Holderbank la echará de menos.

—No lo dudo. Socorro es muy eficiente. Pero sobre todo, es una gran persona. Ha traído a mi despacho ideas que jamás se me hubieran ocurrido. ¿Vio la pecera nueva? Dígame si no le da vida a la antesala. Además, ayuda a relajar a mis clientes cuando esperan nerviosos a pasar conmigo. Esa pecera fue idea de Socorro. Me contó que la gran pecera del vestíbulo de CEMECONS fue también idea suya en su momento.

—Sí, recuerdo bien esa gran pecera. Y, ¿cómo fue que llegó a su despacho la señorita Alanís? Digo, si ya se había retirado, ¿para qué seguir trabajando? —preguntó sin poder ocultar su indiscreción.

—Pues… recordará usted cuando la conocimos, aquella entrevista con Holderbank para pedirle que nos ayudara a sacar a Bruno de prisión[2]… Le confieso que su imagen se quedó en mi mente… Tuve que entrevistarme con Holderbank un par de ocasiones más adelante, para firmar algunos documentos y dejar todo en orden. Haciendo antesala, conversamos ella y yo un poco. No sé… cierta conexión instantánea. La invité a tomar café una vez y nos seguimos frecuentando… Y pues…

—Aaaaahhh…. Ya entiendo… Ya entiendo…—sonrió Alejandra guiñando un ojo en complicidad.

—Nunca es tarde, ¿no? —se disculpó el abogado encogiéndose de hombros.

Yo me sentía algo incómoda con el cariz tan personal que estaba tomando la conversación entre ellos, pero no me quedaba más que aguardar a que terminaran de ponerse al día. Se me ocurrió

---

[2] *Ver* El Laberinto del Perdón.

disculparme y salir a llamar a Elías de nuevo, para darles privacidad.

—No, licenciado… nunca es tarde….

—…¿para el amor?

—Eso supongo.

—Usted y yo nos tenemos confianza, Alejandra. La verdad es que Socorro me ha encendido una chispa que nunca antes había sentido. Había dejado que mi trabajo me absorbiera por años, pero por más que me apasione lo que hago, siempre quedaba un gran hueco que nada podía llenar.

—Entonces, ¿Socorro y usted son… algo más? —Alejandra se sentía culpable por entrometerse en los asuntos personales de Domingo Lizarrabengoa, pero ya no podía detenerse hasta sacarle toda la verdad.

—¡Así es, Alejandra! Socorro y yo somos novios… La vida parece estarnos dando una oportunidad a los dos. Yo nunca me casé. Socorro enviudó hace cuatro años y su hijo ya está grande y tiene su vida hecha. La invité a trabajar en mi despacho, pues me decía que luego de tantos años de trabajar, se sentía aburrida tras su retiro. Además, trabajar juntos nos da la oportunidad de convivir más. No sé… si todo sigue así, en poco tiempo le pediré matrimonio.

—¡Pues, enhorabuena, abogado! —lo felicitó Alejandra esbozando una gran sonrisa con mucha sinceridad.

—Muchas gracias, Alejandra. ¿Quiere ver si su amiga está lista para que conversemos?

Alejandra me encontró en el pasillo, fuera del despacho. Por fin había logrado entablar contacto con Elías. Como imaginé, había estado ocupado supervisando la instalación del simulador de vuelo y le había sido imposible atender mis llamadas. No alcanzaría a llegar a la oficina del abogado, así que me pidió enlazarlo por teléfono para participar en la conversación a través del altavoz. Consintió en que Alejandra permaneciera con nosotros en la entrevista con el abogado.

—Por supuesto, cielo. Tu amiga Alejandra me inspira mucha confianza. Es bueno contar con su apoyo. Sobre todo sabiendo que ella ha atravesado por dificultades legales de la mano de este abogado.

Volvimos al despacho de Domingo Lizarrabengoa, le expliqué la imposibilidad de contar con la presencia física de mi marido y accedió sin mayor problema a que Elías participara en la conversación vía telefónica. También pedí a Alejandra que nos acompañara.

El abogado me pidió que le contara todo desde el principio. Le mostré después la orden de restricción. La leyó con detenimiento.

—¿Qué podemos hacer, licenciado Lizarrabengoa? ¿Qué tan grave es esta situación, desde un punto de vista legal?

El abogado ajustó el nudo de su corbata y explicó:

—Ciertamente, se trata de una situación delicada. La complica todavía más el hecho de que ustedes sean vecinas y sus casas estén al lado.

—Nos separa un jardín de unos 30 metros, licenciado —se oyó la voz de Elías saliendo del altavoz de mi teléfono móvil.

—La orden de restricción impide que la señora se acerque a la quejosa o a su casa 20 metros o menos. De esta forma, salir a su jardín podría ser suficiente para provocarle un problema si es que su vecina quiere jugarle sucio.

—¿Más sucio de lo que ya me ha jugado? ¡No lo

dudaría ni tantito!

—Ahí tiene...

—Y... ¿ella podría acercarse a mí?

—Me temo que sí. La orden de restricción la restringe a usted solamente. Ella y cualquier miembro de su familia podrían aproximarse a usted.

—Y ¿en ese caso? ¿Qué debo hacer? ¿Alejarme?

—Sería lo más prudente, señora Tanús... ¿puedo llamarla Raquel?

—Por supuesto, licenciado.

—Si su vecina quiere jugar sucio y acosarla aprovechándose de esta orden de restricción, podríamos entonces solicitar una orden de restricción en contra de ella. Lamentablemente, por ahora no contamos con elementos suficientes para hacerlo. Tendríamos que esperar a ver el comportamiento de su vecina. Le sugiero que si hace algo que usted considere inconveniente, incómodo o riesgoso, lo documente en un cuaderno. Incluya el lugar y la hora.

—¿Qué podemos hacer, abogado? —preguntó Elías.

—Como es lógico, debe su esposa acatar la orden de restricción por completo para evitar cualquier acusación por parte de su vecina. Que por ningún motivo, intente comunicarse con ella, pues la orden de restricción también lo ha prohibido.

—Y, ¿si ella me busca o me llama?

—No le responda, Raquel. Eso es muy importante. La orden de restricción que emitió el juez no considera ninguna excepción. Si la llama por teléfono, no le responda. Si le envía un mensaje de texto para provocarla, ignórelo, no caiga en la tentación de escribirle.

—¡Bloquea su número en tu teléfono de inmediato, Raquel! —me instruyó Elías.

—No considero que sea el momento oportuno para bloquearlo —explicó Lizarrabengoa—. Si su vecina comenzara a llamar o a enviar mensajes con el afán de provocar, podemos contar con el registro telefónico para proceder a solicitar nosotros una orden de restricción en su contra.

—Tiene usted razón, abogado. Es justamente por lo que optamos por buscar su asesoría.

—Mire, Raquel, aun si su vecina llama a su puerta, por ningún motivo le abra. Al hacerlo, se aproximaría usted a ella a unos cuantos metros, violando la orden. Su vecina podría valerse de esto para acusarla. Si esto llegara a suceder, no abra, avíseme y podremos también proceder a interponer la queja y solicitar la orden de restricción que impida a su vecina acercarse al domicilio de ustedes.

—Me cuesta trabajo creer que estoy metida en este problema, abogado.

—No comprendo por qué esté actuando así su vecina... Tal vez envidia, quizás algún complejo, pero ella claramente ha desarrollado una obsesión por su persona que la ha llevado a conducirse de esta manera. Ha tomado ya acciones claras y concretas en su contra con el afán de causarle daño, tanto moral como legal. Moral al arruinar su reputación en la iglesia y legal al exponerla a violar sin querer esta orden de restricción. Por todo esto, lo mejor será no subestimar a esta mujer.

—Si pudiéramos anticiparnos a su siguiente paso —reflexionó Elías en el altavoz.

—Será bueno que lo piensen y si llegan a imaginar qué más puede hacer en su contra, no lo descarten y hagan algo por prevenirlo. Se me ocurre por ejemplo algo por demás trivial pero que puede causar a ustedes una gran complicación.

—Díganos, licenciado. ¿Qué es?

—El colegio de su hija. Imagino que es usted quien lleva y trae a su hija al colegio, ¿no es así?

—En realidad, Elías es quien la lleva por las mañanas. Yo solo la recojo por las tardes.

—La orden de restricción le impide acercarse no solo a su vecina, sino también a sus hijas. Su presencia en el colegio podría violar la orden de restricción. Pensemos por ejemplo que al recoger usted a su hija, anda por ahí cerca la hija de su vecina. O que lleguen las dos al mismo tiempo a recogerlas. De hecho, no me extrañaría que esta misma semana la llamen del colegio para notificarle que han recibido una copia de la orden de restricción, dado que cubre también a las hijas de su vecina.

—No es posible… Esto no lo habíamos pensado… Solo una de las dos hijas de la vecina estudia en el mismo colegio que nuestra hija Mariana, pero aun así… ¿Qué nos sugiere, abogado?

—Si no tiene usted una amiga que pudiera recoger a su hija todas las tardes, tal vez el colegio ofrezca transporte escolar…

—¡Es cierto! —exclamó Elías —Mañana mismo contrataré el servicio de transporte para Mariana. No importa lo que cueste. Si pueden ofrecerlo solo por las tardes, mejor aún.

—Ahí tienen una solución, señores. Ahora bien, consideren que esta orden es temporal, pero tiene una duración de seis meses. Expirará un par de meses antes de que termine el ciclo escolar. No sabemos cómo estén las cosas en aquel momento, pero si su vecina pretende extender la solicitud de la restricción, tendrán ustedes que evaluar si será conveniente que su hija continúe sus estudios en el Hermitage. Sé que es el mejor colegio de la ciudad. Dicho sea de paso, yo también estudié ahí, pero la paz de su familia vale mucho más.

—¡Es increíble que esa loca pueda decidir incluso dónde estudia nuestra hija! —se quejó Elías con amargura.

Alejandra, que escuchaba atenta la conversación, sujetó mi antebrazo con su mano izquierda, en un gesto de apoyo moral.

—Así las cosas, señores. Me temo que por ahora no podemos hacer nada más, según las leyes de nuestro país. Les recomiendo encarecidamente no subestimar a su vecina ni el alcance de esta orden de restricción. Sean cautelosos para evitar violarla aun sin querer.

—Así lo haremos, abogado —acepté resignada.

Elías se despidió y ofreció salir un rato de su trabajo esa tarde para recoger él mismo a Mariana en lo que contratábamos el transporte escolar. Terminada así la llamada con Elías, nos pusimos de pie para despedirnos.

—Lleve por favor mi tarjeta de presentación y una más para su marido, Raquel —me sugirió Lizarrabengoa—. Si necesitan de mi ayuda inmediata, no duden en llamarme. Si acaso estoy fuera de mi despacho, pueden dejar recado con Socorro. Ella es de toda mi confianza y, sobra decirlo, está sujeta al mismo secreto profesional que su servidor.

Escuchaba al abogado sintiéndome inquieta en vez de aliviada. Era claro que él no podía hacer más por nosotros en estas circunstancias, a menos que Talina hiciera algo que me pusiera en riesgo de violar la orden de restricción. Lizarrabengoa me ofreció un último consejo.

—En verdad, Raquel, no subestime a su vecina ni el rigor de esta orden de restricción. Como le he explicado, el hecho de que estén sus casas al lado hace las cosas más complicadas. Por esa razón, si en determinado momento usted violara la restricción sin la menor intención o si acaso su vecina la acusara falsamente de haberlo hecho y por esas razones la policía se presentara en su domicilio para detenerla, por ningún motivo hable con nadie. Tiene usted el derecho legal a permanecer en silencio y a llamar a un abogado que la represente. Por favor, llámeme de inmediato y no diga nada hasta que la alcance yo en la comisaría.

—¡Me asusta, licenciado!

—No es mi intención, Raquel. Pero sí es importante que tenga todo esto claro.

—Suponiendo que llegara la policía... ¿qué debe decirles Raquel? Recuerdo que a Bruno lo metieron en una sala para tomarle su declaración así nada más[3] —intervino Alejandra.

—Armenteros no hizo lo debido, Alejandra. Usted sabe cómo se las gasta. Debió informar a Bruno sobre su derecho de permanecer en silencio hasta contar con un abogado. No quisiéramos, por supuesto, que algo así suceda con Raquel. Por eso la estoy asesorando. Sinceramente, deseo que su vecina no llegue a molestarla más, pero siempre es mejor ir un paso adelante que nuestros contrincantes, sobre todo en cuestiones legales.

—¿Están hablando del comisario Armenteros?

—Inspector... —me corrigió Lizarrabengoa—, es el inspector Víctor Armenteros.

—¡Fue él quien me llevó a casa la orden de restricción!

—¿Él se la llevó? —preguntó Lizarrabengoa

---

[3] *Ibid.*

sorprendido —Ja, ja, ja, ja, ja... disculpe usted, Raquel. Me hubiera encantado ver su cara cuando lo enviaron a entregar una orden de restricción. Por su cargo, él se ocupa de problemas de mayor importancia... No me mal entienda, en modo alguno estoy diciendo que su situación no es un asunto importante, es solo que Armenteros y yo tenemos mucha historia...

No comprendí qué causó gracia al abogado, aunque noté que Alejandra también sonrió. A mí lo que me interesaba era saber cómo proceder si el tal Armenteros o algún otro policía llegaba de pronto a detenerme.

—Entonces, licenciado, ¿si acaso Talina se quejara y llegara la policía a mi casa?

—Trate de conservar la calma y dígales con contundencia que no dirá usted una palabra hasta hablar con su abogado. Indíqueles que hará la llamada en ese momento y de inmediato me llama. La policía solo le permitirá una llamada, así que yo me haré cargo de notificar a su marido en mi camino a la comisaría.

—Pero... ¿si eso llega a suceder? ¿Qué hago con Mariana? —pregunté, sintiendo angustia que invadía todo mi ser.

—Tranquilícese, Raquel. No esperamos que nada de esto suceda. Simplemente estamos discutiendo lo que usted debe hacer si acaso esto ocurriera.

—Raquel, no estás sola. Dame una copia de la llave de tu casa —me indicó Alejandra. Miró entonces al abogado —Si algo así llegara a suceder, licenciado, por favor llámeme a mí también de inmediato y yo dejaré lo que esté haciendo para ir por Mariana en ese momento.

Rompí en llanto. Un gran miedo se apoderaba de

mí. Me sentía angustiada no solo por mí, sino también por mi hija. Alejandra me abrazó y estrechó mi frente sobre su hombro. Cuando logré serenarme, el abogado me extendió una caja de pañuelos desechables.

—Alejandra tiene razón, Raquel. No está usted sola.

Concluyó así nuestra entrevista con el abogado Domingo Lizarrabengoa. Mi amiga me llevó a casa en su auto. Hicimos el recorrido las dos en total silencio.

# ~ 17 ~

Esa tarde no hice nada más que dormir, queriendo evadir así la realidad. Elías se preocupó al verme cuando llegó con Marianita del colegio. Ni siquiera había preparado la comida. Él le sirvió un tazón de cereal con leche y volvió a su trabajo con premura. Debía estar en el centro de capacitación cuanto antes y por lo mismo, no pudimos conversar en ese momento.

Por la tarde, como a las 5, me despertó la niña.

—¡Mami!, ¡mami!, ¡el timbre!

Con trabajos abrí los ojos.

—El timbre, mami… alguien llama a la puerta.

Me levanté de la cama sobresaltada. ¿Era la policía? ¿O Talina?

—¡Quédate aquí y no bajes! —ordené a mi hija mientras salía a toda prisa de la alcoba.

Bajé la escalera sintiendo un nudo en el abdomen. Me asomé con temor por la mirilla y vi que era Blanca. Suspiré con alivio…

—Hola, Blanca, ¡qué sorpresa!

—Raquel, ¿estás pálida? ¿Te sientes bien?

—En realidad no, Blanca. Pasa, por favor.

Sin pensarlo, nos dirigimos como de costumbre a la barra de la cocina y nos sentamos en sus bancos elevados.

—Estoy preocupada por ustedes, Raquel. Ayer vi la patrulla aparcada frente a tu casa y a unos agentes hablando con ustedes. Te busqué esta mañana, pero nunca me abriste. Me inquieté, pues tu auto estaba frente a tu casa.

—No estuve en casa toda la mañana, Blanca. Alejandra vino por mí. Fuimos a ver a un abogado.

Puse a mi vecina al tanto de la situación.

—En verdad no sé qué decir, Raquel…

—Como puedes ver, Talina no es quien pensábamos. No logro entender por qué al principio se mostró tan cordial conmigo y en un par de meses se ha convertido en mi enemiga.

Blanca se quedó callada y solo acertó a bajar la mirada, pensativa. Después de un rato de silencio, optó por despedirse.

—Como te digo, no sé ni qué pensar Raquel… Te dejo. Necesitas descansar y yo debo volver a casa para preparar la cena. Son casi las 6 y Emilio no tarda en llegar.

Yo volví a mi cama y apenas me recosté, me quedé dormida de nuevo. De camino a casa, Elías se detuvo en la fuente de sodas Bonanza y desde la ventanilla de su auto ordenó un paquete infantil para Mariana; para él, una hamburguesa doble con queso y tocino con papas a la francesa y un refresco de cola con hielo; y para mí, una hamburguesa de bacalao empanizado con salsa tártara.

Mariana se puso feliz al ver el menú de la cena, no solo porque le gustan mucho las hamburguesas, sino porque su paquete infantil incluía una princesa de juguete con tres vestidos distintos. Yo apenas probé bocado. Elías tampoco tenía mucho apetito. Jugueteaba con sus papas a la francesa remojando su punta en la salsa cátsup sin comerlas y dio solo dos bocados a su hamburguesa. Se sentía inquieto y más sin poder conversar conmigo todavía.

Una vez que Marianita dio cuenta de su hamburguesa y de sus papas, subió al cuarto de la TV. Por fin pudimos hablar Elías y yo. Lo puse al tanto de las últimas recomendaciones que me hizo Domingo Lizarrabengoa y le di una de las dos tarjetas de presentación que me había dado el abogado.

Elías apoyó el codo sobre la barra y recargó su cabeza en su mano en silencio. Sonó entonces el teléfono. Acudí a responder la llamada.

—¿Diga?

—Amiga, soy yo, Alejandra.

—Hola Alejandra. ¿Cómo te va?

—Me quedé preocupada por ti. Te dejé muy apesadumbrada en tu casa esta tarde. No es para menos. ¿Ya está Elías en casa?

—Sí, justo lo puse al tanto de lo último que hablamos con el abogado.

—Muy bien. En realidad, esta llamada es para él. Aquí está Bruno conmigo. Quiere hablar con tu marido.

—¿Bruno? —pregunté extrañada. Ellos dos no se conocían todavía —aguarda, ahora lo comunico…

Volví a la cocina y saqué a Elías de su ensimismamiento haciéndole saber que el esposo de mi amiga lo buscaba.

—¿Bruno? Buenas noches. Habla Elías Tanús.

—Elías, mucho gusto, soy Bruno Márquez. Soy esposo de Alejandra. Sabrás que ella y tu mujer se han hecho muy buenas amigas.

—Sí, y se lo agradezco. ¿En qué te puedo servir?

—Simplemente llamo para presentarme, Elías. Aunque todavía no tengo el gusto de conocerte en persona, quiero que sepas y tengas la confianza total de que Alejandra y yo estamos para servirlos en lo que puedan necesitar. Alejandra me ha puesto al tanto de la dificultad legal que atraviesan. Me alegra mucho saber que los ha puesto en contacto con Domingo Lizarrabengoa. Quisiera contarte mi experiencia trabajando con él. ¿Tienes planes este sábado por la mañana?

—Vaya… se los agradezco en verdad, Bruno. No tengo plan alguno este sábado por la mañana. Me dará gusto conocerte.

—¿Juegas raquetbol, Elías?

—La verdad, no. Hace años jugué mucho al squash, más bien.

—Con eso es suficiente, yo apenas estoy comenzando. Dicen que el raquetbol es más sencillo que el squash. ¿Te parece si paso a tu casa a las 7? Te invito a mi club. Jugamos un rato y después desayunamos allí mismo. Sirven buenos desayunos. A ti te hará bien jugar un rato para despejar la mente. Después, en el desayuno, te cuento mi historia.

—Me parece fantástico. De nuevo, te lo agradezco.

—No tienes nada que agradecer, Elías. En este mundo estamos todos para ayudarnos a todos. Esa es la principal regla del juego de la vida. Quien se olvida de ella, pierde.

Se despidieron y Elías volvió a la cocina, donde yo

recogía los platos.

—Vaya que me ha dejado sorprendido la llamada del esposo de tu amiga, cielo… no cabe duda que hay gente buena.

—Lo mismo pensé yo de Talina, y ya ves.

—Sí, cielo, pero algo intuía yo desde el principio… Te lo dije y no bromeaba: hay veces en que los maridos tenemos un sexto sentido para presentir cuando una supuesta amiga de nuestras esposas se trae más bien algo entre manos… pero en este caso, el apoyo que nos están brindando Alejandra y Bruno no me deja ni la menor duda de que son personas… en quienes… podemos… confiar…

—¿Qué pasa, Elías? —inquirí llamándome la atención su forma pausada de hablar al final.

Elías jaló con furia la cortina de la ventana de la cocina.

—¡Esa vieja bruja! ¡Allí estaba de nuevo! Espiándonos como siempre…

# ~ 18 ~

Elías se levantó una hora antes de lo habitual y me pidió que tuviera a Marianita lista para ir al colegio más temprano.

—Anoche no pude dormir, cielo. Estuve pensando en lo que te dijo el abogado. Creo que tiene razón cuando afirma que debemos ir un paso adelante de nuestra contrincante.

—¿Qué tienes en mente?

—Me parece muy lógica su advertencia de que, o bien la loca de la vecina, o bien las autoridades, harán llegar una copia de la orden de restricción al colegio, dado que en él estudia la hija de Talina.

—Sí… eso me preocupa mucho… ¿qué van a pensar de mí?

—No dudo que tras recibir esa orden en el Hermitage, se comunicarán contigo para hacerte saber que no puedes acercarte. De modo que me anticiparé. Tomaré yo la iniciativa y hablaré esta misma mañana con el hermano director para ponerlo al tanto y darle nuestra versión. Dicen que, el que pega primero, pega dos veces, ¿no es así? Si hablo yo con él antes de que reciba la orden, tendrá ya una buena impresión de ti… al menos eso espero, pero debo intentarlo. Aprovecharé también para contratar de una vez por todas el servicio de transporte para Marianita.

Así pues, me di prisa en preparar los desayunos y alistar a Mariana. Linda se veía con su falda a cuadros grises y azules, sus calcetas blancas, su blusa blanca y su suéter azul. Como todos los días, sujeté con unas ligas dos colitas con su cabello. Ella se quejaba de que la lastimaba y yo recordaba cuando mi mamá me jalaba el cabello siempre que me peinaba con prisas por irnos al colegio.

Elías solía dejar a nuestra hija en el Hermitage 15 minutos antes del inicio de clases. Esta vez, llegaron 45 minutos antes. Apenas habían abierto. Dio un beso a la niña y ella corrió al interior donde se encontraba el patio. Él miró en la recepción buscando alguien que pudiera atenderlo. Al frente, había una fuente rectangular de mármol con una estatua de san Marcelino Champagnat, fundador de los hermanos maristas, llevando de la mano a un niño y a una niña. Detrás de la fuente, sobre la pared, también de mármol, se veía grabado en dorado el anagrama del Ave María, emblema de los maristas, una A y una M garigoleadas y superpuestas, coronadas por doce estrellas. Debajo del emblema, rezaba el lema de la congregación, *Ad Jesum per Mariam*.

En el extremo izquierdo del recibidor, una señora delgada y de lentes escribía en unos papeles de pie, detrás de un mostrador.

—Buenos días, señorita. Soy Elías Tanús, padre de una de las alumnas. Quisiera hablar con el hermano director.

—Muy buenos días, señor Tanús. Aguarde un momento. Veré si el director puede atenderlo antes de que comiencen las clases…

La recepcionista subió por una escalera que estaba al lado de su mostrador. Un par de minutos después, apareció de nuevo y desde la escalera lo llamó. Lo acompañó al piso superior, donde se encontraba la dirección y lo invitó a que entrara en ella.

Al acercarse a la puerta vio levantarse de un escritorio a un hombre en sus cincuentas, como de 1.70 de estatura, con algo de obesidad y calvo pero con unas gruesas patillas.

—Buenos días, señor Tanús —lo recibió el hermano director con un franco apretón de manos y una amable sonrisa—. Soy el hermano Manuel Campos. Tenga la bondad de tomar asiento.

Elías se sentó y vio que en la pared, detrás del sillón del director, había una placa de madera que decía, "Para educar a un niño, hay que amarlo". El director notó que mi marido se fijaba en su placa.

—Para educar un niño, hay que amarlo… uno de los principios que nos inculcó nuestro fundador, san Marcelino Champagnat. Coloqué esa placa detrás de mi sillón para que todos los profesores y los padres de familia que vienen a hablar conmigo lo miren y lo tengan siempre presente. Tantos lo olvidan… Pero dígame, por favor. ¿En qué puedo ayudarlo?

La solicitud del hermano director sorprendió a mi marido. La calidez del marista relajó la tensión que sentía Elías en el cuello. Le inspiró confianza y se animó a explicar que teníamos una dificultad con la vecina, que por lo mismo, sería probable que en el colegio recibieran una copia de la orden de restricción, pero que tuviera la certeza de que estábamos trabajando ya con un abogado. Esto último era algo que Elías quería dejarle bien claro al director del Hermitage, en un afán por hacerle sentir que la acusación era infundada pues en realidad somos padres honorables.

—Créame, hermano Campos, para nosotros esto no es nada sencillo ni tampoco lo es venir a hablar con usted. Son problemas que preferiríamos guardar para nosotros, en privado, pero que muy probablemente afecten la relación de mi esposa con este colegio. Simplemente, ella no podrá asistir a los eventos escolares. Tampoco podrá acompañar a nuestra hija por la mañana ni a recogerla a la salida de clases. Justo ahora contrataré el servicio de transporte para que pueda su autobús escolar llevarla hasta nuestra casa.

—Pues sí que es una situación delicada, señor Tanús. Hasta el momento, no es de mi conocimiento que hayamos recibido la orden de restricción que usted menciona, aunque considero bastante probable que pronto se nos haga llegar.

—Le ruego que no dude usted de la integridad de mi esposa ni de la calidad moral de mi familia, director. Es más, puede usted consultar con el párroco de La Divina Providencia en Puerto Real, donde mi esposa fue catequista por varios años. Igualmente, puede llamar a la madre superiora de la Academia de Santa Clara, donde estudiaba nuestra hija, Mariana. Mi esposa pertenecía a la mesa directiva y todos los años colaboraba como voluntaria en múltiples iniciativas del colegio.

—Comprendo… A veces hay malentendidos entre las madres de familia y hay quienes los llevan más lejos. ¿Quién está haciendo la acusación?

—Talina… ¿Olmedo? ¿O es Suquet?

—La señora Suquet de Olmedo. Ella es mamá de Alicia Olmedo, ¿no es así?

—En efecto. De hecho, Alicia es compañera de clases de Mariana.

—Hemos tenido una que otra dificultad con la señora Olmedo en años anteriores… La he tenido de visita en esta dirección más de una vez, exigiéndome que despida a distintas maestras. Tengo la impresión de que todos los años ha sucedido lo mismo.

Elías sintió alivio. Al menos para el hermano director, sería obvio entonces que yo no representaba un riesgo para la hija de Talina, como su mamá quería hacer parecer.

—No me sorprende que haya tenido dificultades con las maestras —arremetió Elías.

El director se levantó de su asiento y caminó a la esquina de su oficina. Sirvió dos vasos de agua de una jarra de cristal y volvió a su escritorio, ofreciendo uno a Elías.

—En todo caso, me temo que si recibimos la copia de la orden de restricción, tendremos que asegurarnos de que se cumpla. No tendremos remedio. Imagino que usted comprende.

—Sí, lo comprendo. En realidad, el afán de mi visita no es pedir que la orden no se vigile, sino que tengan tanto usted como los profesores de este colegio plena certeza de que somos una familia de bien y de que mi esposa no representa riesgo alguno para Talina Olmedo y mucho menos para su hija Alicia.

—Me queda claro, señor Tanús. Pondré al tanto a la maestra de Mariana. Ella misma inició este curso con el recelo de que la mamá de Alicia pudiera meterla en algún problema. Ella es buena niña, pero las maestras no se sienten cómodas cuando tienen que darle clase debido a los conflictos de la señora Olmedo con otras maestras en años anteriores.

—A propósito de Mariana, ella comparte salón de clases con la niña Olmedo. ¡No me gustaría que Marianita se viera involucrada, aunque fuera de rebote, en este problema! Esta señora ha demostrado ser capaz de todo y no se tentará el corazón para evitar afectar a una niña si con ello puede hacer más daño a mi esposa.

Manuel Campos percibió la angustia repentina en el tono de voz de mi marido. Se quedó pensativo un momento.

—Déjeme pesar cómo resolver esta situación. Tenemos tres grupos del mismo grado. Podría yo hacer que Mariana sea transferida a otro, toda vez que recibamos, en efecto, la orden de restricción. Para ella podría resultar una sorpresa, pero las maestras pueden manejar el cambio de grupo con tacto para disminuir cualquier tensión que esto pudiera acarrearle a su hija.

—En verdad, hermano, no sabe cuánto le agradezco su disposición para ayudar a mi familia —expresó Elías recuperando la calma.

—Nuestra prioridad dentro del colegio es el bienestar de nuestros alumnos. ¿Me decía que están trabajando con un abogado?

—Consideramos que es lo más prudente, dadas las circunstancias. Dicen que el que nada debe, nada teme, pero es mejor no tomar riesgos.

—¿Quién es su abogado, si me permite preguntarle? —interrogó el marista, inclinándose sobre su escritorio con curiosidad.

—Domingo Lizarrabengoa es su nombre.

—¡El buen Mingo!

—¿Lo conoce usted?

—Es exalumno marista. Siempre nos hemos preciado de que entre nuestros egresados se cuentan hombres de leyes muy respetados. Por eso le pregunté. Conozco a varios de ellos.

—¿Fue Lizarrabengoa alumno suyo? Nos comentó que estudió aquí, en el Hermitage.

—¡Qué va! Él y yo fuimos compañeros de clases. Jugábamos los dos en la selección de baloncesto y conseguimos tres trofeos para nuestra preparatoria, el Centro Universitario Champagnat. Al graduarnos, él se fue a la Universidad Nacional a estudiar Leyes y yo me fui con los maristas al postulantado en Pueblétaro y después a Francia al noviciado... Hace años que no hablo con Mingo. Me gustaría mucho saludarlo.

—Puedo darle su número si lo desea. Aquí tengo su tarjeta de presentación.

El hermano Manuel Campos anotó gustoso el número de su viejo amigo. Miró luego su reloj y notó que quedaban pocos minutos para tocar la campana y dirigir la oración de la mañana por el sistema de sonido que contaba con una bocina en cada salón. Procedió a concluir la reunión.

—Estamos por comenzar nuestras actividades. Imagino que usted va en camino a su trabajo.

—Sí. Y debo pasar todavía a contratar el servicio del transporte escolar para las tardes.

—El servicio del transporte es, de hecho, completo: por la mañana y por la tarde.

—Hmmmm... Ya veo... Pues si no hay remedio... ¿Sabe? Me resulta imposible salir del trabajo para recoger a Mariana al medio día, pero puedo traerla por las mañanas. Y prefiero hacerlo que enviarla en autobús. Creo que todo el tiempo que un padre pueda pasar con su hija no está desperdiciado.

—¡Lo felicito por pensar así! Es uno de los principios del modelo educativo de los maristas, justamente. Quizás, el más importante de todos: *la pedagogía de la presencia.* Ese estar con ellos, ese "perder el tiempo" con los niños que educamos es tan importante…

—Estoy de acuerdo con usted.

El director guardó silencio un instante pensativo y resolvió:

—Pierda cuidado, señor Tanús. Indicaré al hermano que atiende la caja de pagos que haga una excepción y le cobre solo la mitad del servicio, para que hagan uso del autobús por las tardes únicamente.

—¡Se lo agradezco infinitamente!

—Permítame un consejo, señor Tanús. No se vaya de aquí esta mañana sin detenerse en nuestra capilla, ¿ya la conoce?

—Me temo que no.

—Es acogedora. Se respira mucha paz allí dentro. Vaya y pídale mucho a nuestra buena Madre su intercesión para que todo se resuelva y para que su familia esté protegida.

—Le agradezco su consejo, hermano Campos. Tenga por seguro que lo haré —le prometió mientras se daban un fuerte apretón de manos.

La reunión de Elías con el marista que dirige el Hermitage no pudo haber sido mejor. A pesar de la orden de restricción, podíamos tener la tranquilidad de que Marianita estaría protegida y de que mi reputación no se vería afectada entre los profesores del colegio.

Mi marido salió de la dirección y escuchó el timbre llamar a clases mientras bajaba la escalera a la recepción. La señorita que lo había recibido estaba de pie sobre su silla, clavando en la pared un cartel que anunciaba la Noche Navideña del colegio. Intentaba fijarlo al muro lo más alto que le era posible, clavando las tachuelas con el tacón de su zapato. Elías le preguntó por la caja. No podía responderle pues sostenía en sus labios las tachuelas y con la mano izquierda el cartel en la pared. Con la mano derecha apuntó con su zapato hacia el patio, detrás de una vidriera. Elías miró en esa dirección y notó el auditorio del colegio.

—¿La caja está en el auditorio? —preguntó algo confundido.

La recepcionista trazó con en el aire con su zapato de tacón un semicírculo, como apuntando ahora hacia la derecha.

—Ah, ¿al lado del auditorio?

Ella asintió con la cabeza y él le agradeció con una sonrisa. Al llegar a la caja, el marista que la atendía colgaba el teléfono.

—Buenos días. Me imagino que es usted el señor Tanús.

—Buenos días, hermano. Soy su servidor.

—Muy amable. El hermano Campos me acaba de llamar y me dio indicaciones de hacerle el cobro por la mitad del transporte escolar.

El hermano cajero era espigado y de tez morena. Le quedaba poco cabello y el poco que le quedaba, estaba cortado casi al ras. No por nada, los alumnos lo apodaban "el Cactus".

Terminados los trámites, Elías le preguntó por la capilla.

—A su izquierda, pasando el auditorio que está

aquí al lado.

Elías encontró la capilla. Al entrar, se topa uno de inmediato con una pared donde, con letras realzadas, se lee el lema "A Jesús por María". Se puede ingresar a la capilla rodeando ese muro por la derecha o por la izquierda. Es un acceso lateral que lleva al comienzo de la primera fila de bancas o a la parte superior, detrás de la última. Una vez dentro, percibió un marcado aroma a madera y barniz que emana de las bancas, colocadas en desnivel. Detrás de ellas, en la parte superior, hay vitrales con motivos de arte sacro moderno.

Sin pensarlo mucho, Elías se arrodilló en el reclinatorio de la segunda banca, al lado del pasillo central. Trazó sobre sí la señal de la Cruz y contempló por un momento el altar, diseñado con una elegante arquitectura sacra moderna. Al lado izquierdo, el sagrario con su veladora encendida y a su costado, la sede del celebrante. A un lado del ambón, la mesa del altar y a sus espaldas la imagen del Cristo crucificado. Le llamó la atención que sus manos estaban extendidas, como resistiendo al máximo el dolor de los clavos que las traspasaban, en vez de encogerlas, como sería lo natural. Al costado derecho del altar, a unos 3 metros, una imagen de la Virgen parecía mirar a mi marido con ojos dulces a la vez que tristes.

Elías no sabía qué rezar. La realidad es que limitaba su fe a la Misa de los domingos, a las liturgias del Triduo Pascual y a las solemnidades de precepto. Era más bien yo quien tenía una participación más activa en la Iglesia.

Unos pasos pausados rompieron el silencio. Elías

volteó a la izquierda y vio salir de la sacristía a un sacerdote. Sus miradas se cruzaron y sonriente, el presbítero se aproximó. Con las manos entrecruzadas en su torso, hizo una breve inclinación y saludó en voz baja

—Buenos días, hijo.

Era un sacerdote mayor, de unos 70 años y de baja estatura, quizás apenas 1.65.

—Buenos días, padre.

—Soy el padre Antonio, el capellán del colegio.

—Elías Tanús, para servirle.

—Gracias, gracias. ¿Interrumpo tu oración?

—Podríamos decir que no, padre Antonio. Apenas llegaba. Además, le confieso que no sé ni cómo rezar.

El sacerdote lo miró con cierto desconcierto, que Elías percibió.

—Mi hija viene al Hermitage. Vamos a Misa todos los domingos y mi esposa suele participar en varias obras de la Iglesia. Pero yo no soy mucho de rezar por mi cuenta, a decir verdad.

—Pero, estás en la capilla y de rodillas…

—Sí, padre. Mi familia atraviesa por una grave dificultad y el hermano director me sugirió esta mañana no irme a trabajar sin detenerme a visitar antes la capilla. Y aquí estoy.

—Ya veo —dijo el capellán sentándose de lado en la primera banca y mirando atrás hacia Elías, que se levantó del reclinatorio y tomó asiento en la banca — ¿Puedo ayudarte de alguna forma? — ofreció con sincero interés.

Elías se quedó pensativo un momento…

—Solo tenga presente a mi familia en sus oraciones, padre. Eso será de gran ayuda.

—Así lo haré, hijo. No te interrumpo más. ¿Me permites darte un consejo antes de retirarme?

—Por favor.

—Quédate en la capilla el tiempo que gustes. Solo ten la certeza de que, si no sabes qué decirle a Dios o a nuestra Madre Santísima, basta con ponerte en su presencia. Recuerda que "todavía no decimos palabra y ya el Señor se la sabe toda"[4]. Él nos sondea y nos conoce, como dice el salmista, así que sabe qué hay en tu corazón. Solo quédate de rodillas en silencio. Podríamos decir que el silencio es la mejor forma de oración, porque es en el silencio como podemos escuchar lo que Dios quiere de nosotros.

—Vaya, nunca lo había pensado. Tiene sentido.

—Tiene todo el sentido, Elías—. A mi marido le gustó que el sacerdote lo llamara por su nombre. Eso reforzaba la confianza que de por sí había sentido desde el principio.

—Ten presente además, hijo, que lo que estás haciendo en este momento, aun cuando no sabes qué decirle a Dios, es de suma importancia para un padre de familia. Es, quizás, lo más importante que puede hacer un jefe de familia.

—¿Sí? —preguntó intrigado.

—Sí, porque estás ejerciendo tu ministerio sacerdotal en tu familia misma. ¿Sí sabes que cuando somos bautizados somos ungidos como sacerdotes?

—Sí. La verdad es que lo aprendí hasta que asistimos a las pláticas prebautismales de mi hija Mariana. Recuerdo que nos explicaron que también somos ungidos como profetas y como reyes, aunque no profundizaron en el tema y se quedó como un simple concepto. No comprendo en qué consisten ni cómo practicarlos.

—El sacerdocio de los bautizados es distinto del

---

[4] *Salmo 139,4*

sacerdocio ministerial que recibimos los que somos ordenados, pero están relacionados. Verás, un sacerdote tiene tres funciones esenciales: representar a Dios ante su pueblo, representar al pueblo ante Dios y ofrecer sacrificios a Dios.

Elías escuchaba con interés. El padre Antonio continuó.

—Al venir ante el Señor y ponerte de rodillas para pedir por tu familia, estás ejerciendo ese sacerdocio. ¡Es hermoso, Elías! Un papá de rodillas ante Dios pidiendo por su familia no es solo un hombre que reza y ya. Es un hijo de Dios ejerciendo su sacerdocio bautismal, representando a su familia ante Dios.

—Le confieso, padre, que esto me resulta asombroso. Y como dice usted, algo hermoso. ¿Por qué no nos explican estas cosas con más detalle en las clases de catecismo? ¡Estoy aprendiendo algo tan importante a mis 42 años!

El padre Antonio se encogió de hombros, como preguntándose él también lo mismo.

—Hay más, hijo, pon atención —continuó el sacerdote, con voz todavía baja, pero apasionada—. Te decía que la otra función del sacerdote es ofrecer a Dios un sacrificio. Pues bien, como padre y jefe de familia que eres, puedes hacer de toda tu vida una ofrenda a Dios y ofrecerla por tu familia.

—¿Cómo es eso, padre? —preguntó Elías cada vez más interesado.

—A lo largo de la semana, de forma consciente y deliberada ofrece a Dios tus esfuerzos, tus horas de trabajo, tu tiempo con tu hija, el ramo de rosas que compres a tu esposa de camino a casa, tus preocupaciones, todo. Después, los domingos, en Misa, en el momento justo del ofertorio, cuando presenten al sacerdote las ofrendas en el altar, ofrece de forma consciente y deliberada a Dios todo aquello que decidiste ofrecerle en sacrificio a lo largo de la semana. Es justamente en esas ofrendas que se le presentan al sacerdote que va representada nuestra vida.

—¿En verdad?

—Así es, hijo. En especial el agua de la segunda vinajera. Esa agua representa nuestra humanidad. Por eso, al preparar los dones, los sacerdotes vertimos unas gotas de agua en el cáliz con el vino al mismo tiempo que rezamos en secreto pidiendo a Dios que "el agua, unida al vino, sea signo de nuestra participación en la vida divina de quien ha querido compartir nuestra vida humana". El pan que se presenta en ofrenda, representa lo cotidiano de nuestra vida y el vino el gozo de la celebración que llevamos a cabo.

El padre Antonio cerró los ojos y gesticuló con sus manos el rito de la eplicesis explicando extasiado,

—Momentos después, cuando imponemos las manos sobre esos dones, Dios Padre envía al Espíritu Santo para que transforme esos dones, pan y vino con agua en el Cuerpo y la Sangre de Cristo, nuestro Señor.

Elías sintió que se le enchinaba la piel.

—Padre, ¿me está diciendo que esos dones que se presentan a Dios representan nuestra vida misma y después el Espíritu Santo las convierte en el Cuerpo y la Sangre de Cristo?

—Así es, hijo. Y son transformados en el Cuerpo y la Sangre de Cristo, que es el sumo sacerdote, el sacerdote por excelencia, capaz de ofrecer a Dios el sacrificio por excelencia: su vida misma por nosotros y por nuestra salvación. Cristo se ofrece en cada Misa en un sacrificio eucarístico.

—Padre Antonio, esto que me explica es algo en verdad sublime. En cinco minutos, me ha dado usted la mejor clase de catecismo que he recibido en toda mi vida. Entré a la capilla sin saber ni qué decir y usted se apareció para darme una lección de vida que jamás olvidaré y que, desde luego, me esforzaré en poner en práctica. Y más en estos momentos tan difíciles —suspiró, bajando la mirada.

—Ánimo, hijo. Tienes razón. Si estos momentos son difíciles, no solo no dejes de rezar mucho por tu familia. Ofrece a Dios todo lo que hagas como sacrificio por la resolución de las dificultades que los estén agobiando.

—Así lo haré, padre.

El presbítero se despidió mirando su reloj.

—Te dejo, Elías. Me dijiste que ibas de camino al trabajo y tal vez te he entretenido ya demasiado. Yo debo volver a la sacristía a preparar la Misa que celebro todas las mañanas para distintos grupos de clase.

—Le agradezco en verdad, padre. No cabe duda que Dios lo envió a hablar conmigo.

El sacerdote sonrió.

—Si necesitas hablar con un sacerdote sobre tus problemas familiares, puedes buscarme antes de clases todos los días.

—Lo tendré en cuenta, padre —dijo Elías poniéndose de pie y estrechando la mano del padre Antonio.

# ~ 19 ~

La mañana del sábado, mi marido se levantó más temprano que de costumbre. Como le había ofrecido Bruno, el esposo de Alejandra, pasó por él a las 6:40 para llegar al club a las 7 y jugar al raquetbol. Comenzaron a pelotear contra la pared para calentar. Acostumbrado al squash, Elías golpeaba con mucha fuerza la pelota, que rebotaba con furia en el frontis y volaba hasta la puerta trasera de cristal, de donde la recuperaba Bruno al primer bote para enviarla de nuevo al frontis con más suavidad. Poco a poco, Elías fue agarrando el toque y muy pronto pudieron jugar un duelo que terminó por definirse hasta el último punto. La pelota iba y venía haciendo eco al rebotar en las paredes y silbando al pasar zumbando cerca de los oídos de los jugadores. Jugaron dos partidos más y acabaron bañados en sudor.

A Bruno le pareció muy divertido el raquetbol.

Cruzó la puerta de cristal sintiendo ganas de volver a jugar en otra ocasión. Luego de ducharse, desayunaron en el restaurante del centro deportivo. Bruno pidió unos huevos a la florentina y con la recomendación de Bruno, Elías pidió un pan francés adornado con fresas y cubierto por azúcar glass mezclada con canela en polvo. Al lado, tres rebanadas de tocino frito. Derramó sobre las rebanadas del pan la miel de maple, que escurría por los costados alcanzando a tocar las orillas de las rebanadas de tocino. Trinchó una de las rebanadas del pan francés y cortó el primer bocado con su cuchillo.

—Acompáñalo con un trozo de tocino —le sugirió Bruno.

—¿Dulce con salado? ¿Estás seguro? —le preguntó dubitativo.

Bruno asintió con la cabeza, sin dejar de mirar el trozo de pan francés en el tenedor de Bruno, que trinchó de paso el tocino y lo llevó a su boca.

El intenso sabor dulce de la miel de maple se entremezclaba con el sabor salado del todavía caliente tocino, que crujía mezclándose con la suavidad del pan francés. Bruno mascó el bocado saboreándolo con los ojos cerrados.

—Oye, ¡esto es exquisito! Tenías razón.

—Te dije que aquí se desayuna muy bien. Echa uno a perder todo lo que se ganó con el ejercicio —reconoció bromeando y frotando su abdomen, que de hecho, era esbelto. Bruno siempre había tenido una complexión delgada.

Mientras desayunaban, Bruno contaba a Elías cómo había sido culpado por un fraude que cometió en realidad uno de sus subordinados y que, para colmo, había sido su mejor amigo desde la universidad y contratado por su recomendación.

Elías escuchaba sorprendido mientras le detallaba la forma como lo había defendido Domingo Lizarrabengoa.

—Tuve mucha suerte de que me fuera asignado como mi abogado de oficio. Nosotros no conocíamos a ningún abogado ni dinero para pagarlo porque la policía había congelado todas mis cuentas bancarias. Al principio temía que por ser abogado de oficio, resultara alguien sin experiencia. ¡Todo lo contrario! De hecho, me explicó que todos sus colegas colaboran como abogados de oficio además de su práctica privada. Según él, es algo así como cuestión de honor entre los de su gremio.

—Me da gusto saberlo. Nosotros tampoco conocíamos a ningún abogado y menos recién llegados a Buenaventura. Es una suerte que Alejandra sea amiga de Raquel. Además, por lo que entiendo, bastó que tu mujer llamara al licenciado para que él se pusiera en contacto con nosotros de inmediato.

—Lizarrabengoa ha hecho buenas migas con nosotros. Sobre todo con Alejandra. Cuando estuve en prisión ellos trabajaron juntos investigando todo lo necesario para conseguir mi libertad. No nos frecuentamos, en realidad, pero podemos considerarlo amigo de la familia. Con él están ustedes en muy buenas manos.

Bruno se dio cuenta en ese momento que Raquel tenía ya dos amigas, la esposa de Bruno y Blanca, la vecina de enfrente. Marianita también había hecho amigos, sobre todo amigas, en el colegio. Él en cambio, había estado tan ocupado asumiendo sus nuevas funciones en la aerolínea, que en realidad no tenía ningún amigo en Buenaventura. Tan solo compañeros de trabajo y su relación con ellos era muy cordial, pero hasta ahí. Pensó que este gesto de apoyo que le estaba brindando Bruno, sin conocerlo y de forma totalmente desinteresada, bien podía ser el principio de una amistad. Por lo pronto, acordaron que todos los sábados pasaría por él Bruno a las 6:40 y vendrían al club a jugar al raquetbol. Decidió ese mismo fin de semana ir a una tienda deportiva a hacerse de unos lentes protectores y de una buena raqueta para no usar esa gastada que le habían prestado en el deportivo esta mañana. Aun cuando decidieron que solo jugarían un rato y volverían a casa para desayunar con sus respectivas familias, esos ratos de distracción serían muy provechosos para los dos.

—En verdad te agradezco este rato, el desayuno y sobre todo, tu confianza para compartir conmigo tu historia, que por lo que me has contado, me imagino que no es el tipo de anécdotas que sueles contar por todos lados.

—En efecto, Elías. Fue algo muy angustiante y doloroso y me ha tomado tiempo superarlo. De modo que, sí, es algo muy íntimo que Ale y yo nos guardamos para nosotros. Pero al saber de su situación, quise que conocieras mi historia. No solo para que esto les dé confianza de que con Lizarrabengoa están en buenas manos, sino porque saber que alguien más ha pasado por situaciones similares y que además, se pone de nuestro lado, nos ayuda a no sentirnos solos. Y créeme, sentir la compañía solidaria de alguien más llega a ser demasiado importante. Otro día te contaré de mi compañero de celda, de quien aprendí muchísimo. Y como te dije por teléfono, en este mundo estamos todos para ayudarnos a todos. Así que cuenten siempre Raquel y tú con nuestro apoyo total, igual que con nuestra amistad.

Los dos nuevos amigos se dieron un fuerte

apretón de manos y Elías se apeó del auto de Bruno en la acera de nuestra casa. De camino a la puerta, miró de reojo a la ventana de Talina. Como era costumbre, allí estaba ella, observándolo.

# ~ 20 ~

Iniciaba diciembre y la época de comenzar a preparar las festividades de la Navidad. Algunos vecinos comenzaban a decorar ya sus casas. Nosotros no teníamos adornos. Cuando dejamos nuestra casa en Puerto Real, nos deshicimos de varias cosas que pensamos que sería sencillo reponer en Buenaventura. Entre ellas, dejamos el árbol de navidad y todos los adornos. Solo traje conmigo las figuras del Belén que había heredado de mi abuela.

Así, después del desayuno me fui de compras. Ese día, Elías se llevó mi auto compacto y yo me quedé con su camioneta para poder cargar el árbol de Navidad y las demás decoraciones. Decidimos comprar un árbol artificial para usarlo año con año.

Recorrí tres tiendas eligiendo el árbol y lo necesario para decorarlo: esferas, luces, unas velitas de cristal rellenas de líquidos de colores que al encenderse burbujeaban y una corona para la puerta de la casa.

Decidí que volvería después por más adornos. Por ahora, era suficiente y debía volver a casa a preparar la comida, pues el autobús del colegio dejaría a Marianita en poco más de una hora. Se me había ido toda la mañana entretenida en mis compras navideñas.

Conduje a casa de regreso sintonizando una estación que tocaba villancicos. La música me hizo sentir un poco de nostalgia recordando cuánto me gustaba participar con mis papás de los preparativos para la Navidad cuando era niña. Lo seguí haciendo con ellos hasta que me casé con Elías. Todavía antes de que naciera Mariana, solía acompañar a mi mamá a hacer sus compras navideñas. Ella murió cuando Marianita había cumplido dos años y papá, de la tristeza, pocos meses después. Ese fue un año muy duro.

Yo pensaba que se había sido el año más difícil de mi vida, pero este parecía superarlo. Aun sin quererlo, y hasta proponiéndome no hacerlo, no lograba quitarme a Talina de la cabeza.

Ya para llegar a mi casa, vi que Talina estaba encaramada en la parte más alta de una escalera recargada en la pared de su casa, que da a nuestro jardín. No le presté mayor atención. Seguí de largo en la camioneta y entré en reversa en el pequeño patio afuera del garaje. Así sería más sencillo descargarla, sobre todo el árbol de Navidad, que pesaba bastante.

Al apearme, resultó inevitable ver a Talina en su escalera, pues me quedaba de frente. Estaba haciendo equilibrio en el penúltimo peldaño, estirándose y tratando de alcanzar algún garfio sobre el techo para enganchar una serie de luces de Navidad. Pensé que solo a alguien tan loca como ella se le ocurriría intentar una proeza como esa sin ayuda. Pero allá ella.

Abrí la puerta trasera de la camioneta y me quedé mirando el árbol, pensando si sería mejor esperar a que llegara Elías para que él lo descargara. Comencé a tomar las bolsas con las esferas y demás adornos cuando escuché un grito lleno de angustia,

—¡ME CAIGO!, ¡YOLANDA!, ¡HIJA!, ¡SAL EN MI AYUDA!

Talina había perdido el equilibrio y la escalera donde había subido ya no estaba recargada sobre la pared, sino separada de ella, en posición vertical y sostenida por sus pies, que habían llegado hasta el último peldaño. Para colmo, calzaba sus sandalias de plataforma que le daban todavía más inestabilidad. Ella se asía con las dos manos del garfio donde había enganchado su dichosa serie.

Al instante dejé las bolsas con mis compras en la camioneta y corrí hacia el jardín de Talina. Sostuve con fuerza la escalera, que se tambaleaba adelante y atrás.

—¡Talina! ¡Ya sostengo la escalera! ¡Intenta con tus pies inclinarla hacia la pared y recargarla sobre ella de nuevo!

Ella seguía llamando a gritos a su hija, que no salía. Seguramente se encontraba en su habitación escuchado música con sus audífonos.

—¡Talina! ¡Hazme caso! ¡Trata de inclinar la escalera hacia la pared! ¡TALINA!

Fue entonces que se percató de mi presencia.

—Y tú, ¿qué haces aquí? ¡Tienes prohibido entrar en mi propiedad! ¡Sal de aquí ahora mismo!

No podía creer lo que estaba escuchando. Pero no

podía irme y dejarla sola o se caería.

—Talina, no digas tonterías, estoy aquí para ayudarte.

—¡Vete de mi casa! ¡Aléjate o llamaré a la policía! ¿No entiendes? ¡Que te vayas!

—Talina, ¡por favor! ¡Te vas a caer! ¡Te ayudaré a bajar y tan pronto estés aquí me marcharé de inmediato!

—¡Nadie necesita de tu ayuda! ¡Y menos yo!

Fingiendo no escucharla, traté de nuevo,

—Talina, intenta con tus pies inclinar la escalera hacia la pared. Una vez que esté estable la sostendré mientras comienzas a descender y cuando llegues a la mitad, me marcharé. ¿Te parece?

—¡TE DIGO QUE TE VAYAS! —me exigió, dando una patada al aire para lanzarme una de sus sandalias de plataforma.

Logré esquivarla y me di cuenta de que esta situación era demasiado riesgosa para mí. ¿Por qué no salía Yolanda a ayudar a su mamá? Me sentía en riesgo ante esta loca, pero un instinto más poderoso no me permitía soltar esa escalera sabiendo que, de hacerlo, ella caería sin remedio desde esa altura.

—Por favor, Talina, sé consciente. Solo yo puedo ayudarte —intenté de nuevo. Quería acabar con esto cuanto antes y volver a mi casa.

Sucedió todo como en cámara lenta. Talina sacudió el otro pie para lanzarme su segunda sandalia, que golpeó mi antebrazo izquierdo. Perdió entonces el equilibrio y quedó colgando sostenida solo de sus manos del garfio en el techo. Yo sentí cómo la escalera se venía hacia mí al no tener ya su peso encima.

—¡ME CAIGO! —gritó alterada.

—¡TALINA, NO! —respondí llena de angustia.

Ella se vino abajo, cayó de pie sobre el césped y luego de costado. Al final quedó recostada boca arriba.

Parecía inconsciente. Recargué la escalera sobre la pared y me incliné sobre ella. No podía respirar. La toqué en el cuello y me di cuenta de que estaba despierta, pero no podía hablar por el golpazo.

—Talina, ¿estás bien?

Abrió los ojos llenos de furia. Escuché una voz a mis espaldas.

—Mamá, ¿qué te pasó?

—¡Yolanda! ¡Pronto! Llama a la policía! ¡Llama y que vengan por esta mujer!

Intenté detener a la hija de Talina.

—Yolanda, tu mamá se cayó de la escalera, creo que más bien debes llamar para pedir una ambulancia. Pudiera ser que se haya roto un hueso. No respira bien, es posible que se haya fracturado una costilla. Es mejor que la revisen.

La adolescente se me quedó mirando asustada y en silencio, sin saber qué hacer.

—¡No le hagas caso, hija! ¡Haz lo que te digo! ¡Ella me tiró de la escalera! ¡Y no puede estar en nuestro jardín! ¡La policía se lo tiene prohibido!

Los ojos se me llenaron de lágrimas. Me fui de allí a toda velocidad.

Entré en la casa y llamé a Elías por teléfono. Le conté lo sucedido y solo obtuve silencio por respuesta.

—¡Elías! ¿Sigues en la línea?

Por fin musitó,

—Sí, cielo. Te escucho… Es que lo que me cuentas me ha dejado frío. Voy de inmediato para allá. No salgas de la casa por ningún motivo. De camino llamaré a Lizarrabengoa.

Eso último me asustó.

—Elías, ¿crees que esta loca llame a la policía de verdad?

—¡Esa loca es capaz de todo, cielo!

# ~ 21 ~

Intenté no preocuparme de más y comencé a preparar la comida para cuando llegara Mariana. Su autobús ya no tardaba. No había pasado ni media hora cuando timbró el teléfono. Era Domingo Lizarrabengoa.

—Raquel, soy su abogado. Su marido me acaba de poner al tanto de la situación. Quise llamarla de inmediato. Cuénteme por favor con detalle todo lo que sucedió.

No pude evitar alterarme. Al ver que el abogado me llamaba me sentí de pronto aterrada. El telefonema me confrontaba con la realidad de que me encontraba en más riesgo que nunca. Rompí en llanto y no pude explicar nada.

—Raquel, trate de conservar la calma. Necesito comprender lo que ha sucedido con todo detalle para poder asesorarla. Creo que será mejor verla en persona. Si me lo permite, la veré en su casa. Puedo estar allá en unos 90 minutos a lo sumo.

—Se lo agradeceré, licenciado. Por favor, venga pronto.

Me desplomé en un sillón en la sala. No tenía ánimo para nada. Volvió a timbrar el teléfono.

—¿Diga?

—Raquel, soy Alejandra. ¿Estás bien?

—Más o menos, Ale. Está siendo un día muy difícil.

—Por eso te llamo, Raquel. Me acaba de llamar Domingo Lizarrabengoa y me contó lo que él entendió de su conversación contigo. Me pidió que vaya a tu casa y que invite a Mariana a pasar la tarde conmigo.

Mi corazón se aceleró.

—Pero, ¿por qué? ¿Qué te dijo el abogado?

—Tranquila, amiga. Solo queremos ayudarte. A ti y a tu familia. Es mejor que traiga a Mariana conmigo esta tarde para que tú y Elías puedan hablar a solas con el licenciado con toda libertad. No tiene caso inquietar a la niña. Si te parece, la invitaré a comer en casa con mis hijos, la ayudaré con sus deberes y después los llevaré al cine.

Me sentí un poco más tranquila. Era bueno contar con Alejandra. Sonó el timbre de la casa y mi corazón se disparó de nuevo. Titubeando, me dirigí a la puerta y vi a través de la mirilla. Era Mariana.

—Hola mami. ¿Estás bien?

—Sí, hijita. ¿Por qué?

—Tienes corrida la pintura de tus ojos, como cuando lloras.

—Es que, ¿sabes? Fui a comprar el árbol de Navidad y en la radio escuché villancicos y me puse triste porque pensé en tus abuelitos, que les gustaba mucho decorar su casa —le mentí. No quería preocuparla.

Fui al tocador a mirarme en un espejo cuando escuché una sirena a la distancia. El volumen de su ulular aumentaba con rapidez. De pronto, se detuvo, afuera de la casa. Mi mano izquierda comenzó a temblar. Quise subir corriendo a la habitación de Mariana para ver desde su ventana, que daba a la calle. Las piernas me traicionaban. Lo más aprisa que pude, subí, uno tras otro, los escalones, ayudándome con la mano derecha jalándome del pasamanos.

Pude ver que no era una patrulla de la policía, como yo temía. Era una ambulancia. No se había detenido fuera de mi casa, sino de la de Talina. Corrí la cortina para que nadie me viera y por un pequeño espacio observé a los socorristas entrar por la odiosa vecina. Pasó un largo rato y no salían. Vi llegar a Elías conduciendo mi auto. Tan pronto entró, lo llamé desde arriba para que me acompañara.

Nos quedamos en silencio, mirando por la rendija que dejaba la orilla de la cortina hacia la casa de Talina. No nos movíamos ni hablábamos, como si alguien nos fuera a descubrir si lo hiciéramos.

Pasaron unos 20 minutos y los socorristas salieron, abordaron su ambulancia y se retiraron sin encender la sirena. Por fin hablamos Elías y yo.

—Vaya, no se llevaron a Talina. Eso quiere decir que el golpe que se dio con la caída no tuvo mayor consecuencia. Pensé que, al menos, se había roto una costilla. No podía respirar bien cuando estaba tirada en el suelo.

—Tremendo golpe se ha de haber dado.

—¿Cómo se le pudo ocurrir subir sola una escalera tan alta y además, trepar hasta el último de los peldaños?

Sonó el timbre y de nuevo se agitó mi corazón.

—¿Quién será ahora? —pregunté con irritación.

—Voy a ver, cielo. Tú quédate aquí.

Me senté en la cama de Mariana. Ella veía televisión en el cuarto de al lado. Escuché a Elías gritar desde la sala,

—¡Cielo! ¡Baja! ¡Es Alejandra!

Con el lío de la ambulancia me había olvidado de que vendría por Mariana. Recordé entonces que el abogado venía también en camino. Antes de bajar, me detuve en el cuarto de televisión y le dije a Mariana que pasaría la tarde con Alejandra y sus hijos. Me miró con cierta extrañeza, pero cuando le dije que irían al cine, salió disparada en busca de mi amiga. Eso me agradó pues prefería que se marcharan pronto, antes de que llegara Lizarrabengoa.

Así lo hicieron. Alejandra traería a nuestra hija de vuelta poco después de las 8 de la noche.

No habían pasado ni 10 minutos de que se fueron, cuando el timbre volvió a sonar. Elías fue a la puerta a paso veloz. Yo contuve el aliento, atemorizada. Cada vez que alguien llamaba a la puerta me sobresaltaba. No podía evitarlo.

Mi marido abrió y encontró a Domingo Lizarrabengoa, acompañado de su secretaria. Después de las formalidades e introducciones de cortesía, Elías los hizo pasar a la sala.

—Señora… ¿me permite llamarla Raquel?, no se ve usted muy bien. Permítame ir a su cocina y prepararle un té. ¿Sí tiene, verdad? —me dijo Socorro Alanís con genuina preocupación y en un tono muy amable.

—Gracias, Socorro, no se moleste.

—No será molestia alguna—interpuso el abogado

—. Estamos aquí para ayudarla —aseguró, haciendo un ademán a su asistente, o su novia, para que fuera a la cocina. Ella asintió con la cabeza y se dirigió a la cocina.

Lizarrabengoa me hizo contarle todo con lujo de detalle, mientras bebía la tila que Socorro me había preparado. Aunque ya le había contado todo a Elías por teléfono, me escuchaba perplejo, como si me estuviera escuchando por primera vez.

—¿Cree usted que en verdad llame Talina a las autoridades y me denuncie por haber roto la orden de restricción? Mi intención no era romperla, es solo que la vi en peligro y no pude desentenderme.

—Creo que cualquiera habría actuado igual —aseguró Socorro.

—El problema es que, para esta mujer, mi esposa ha violado la orden de restricción y es lo único que le importa, con tal de hacerle daño. Además de todo, es una malagradecida —refunfuñó Elías.

—Conociendo los antecedentes y sabiendo la forma como se ha comportado su vecina esta tarde, mucho me temo, Raquel, que sí es capaz de interponer una denuncia por haber traspasado su propiedad y por haberse acercado a ella en persona —advirtió el licenciado.

Sentí un nudo en el estómago. El abogado calló por unos instantes, se hizo adelante en su sillón y recargó sus codos en sus rodillas. Luego continuó,

—Lo que más me preocupa, Raquel, es que su vecina quiera denunciarla también por haberla tirado de la escalera.

—¡Pero ella no la tiró! ¡Sería incapaz! —protestó airado Elías.

—Por supuesto, Elías. Eso nos queda claro. Pero también nos queda claro que su vecina parece no tener límites si se trata de intentar hacerle daño a su esposa.

—Y en ese caso, ¿qué podemos hacer? —inquirí con nerviosismo.

—¿Se fijó usted si hubo algún testigo de lo que ocurrió, Raquel? Dice que la hija de su vecina salió al jardín.

—Sí. Salió Yolanda, pero no sé en qué momento. Yo no dejaba de mirar hacia arriba de la escalera que sostenía en mis manos. Cuando me percaté de su presencia estaba ella a mis espaldas mientras yo intentaba revisar a su mamá, caída en el suelo. Ignoro si vio el accidente o si llegó después.

—¿Algún vecino que pudiera haber visto lo ocurrido, quizás? —insistió el abogado.

—Ahora que lo menciona, pudiera ser que sí. Cuando salí del jardín de Talina y doblé hacia mi casa, de reojo vi que se cerraba la cortina de la habitación superior que da a la calle, en la casa de mi vecina de enfrente, Blanca. Ella y yo somos amigas.

—Será necesario preguntarle si alcanzó a ver algo —asentó el abogado.

—¿Por qué no la llamas, cielo?

—Ahora mismo, Elías.

Marqué a casa de Blanca pero nadie respondió. Me pareció extraño, pues a esa hora debía estar en casa, ocupada con sus hijos. Aun cuando ella no pudiera contestar el teléfono, alguien más habría en su casa para hacerlo.

—No comprendo, Elías. Nadie responde y a esta hora siempre está ella en casa con sus hijos.

—Aguarden aquí. Iré a su casa y le pediré que venga un momento si acaso vio algo desde su ventana.

Elías cruzó la calle y tocó el timbre. Nadie abrió.

Esperó un par de minutos y tocó de nuevo. Nada… Golpeó entonces la puerta tres veces con su puño. Tampoco abrió nadie. Resignado, dio media vuelta y volvió a nuestra casa.

—Y ahora, ¿qué hacemos, licenciado? —le pregunté.

—Por ahora, no queda más que esperar y ver de qué forma procede su vecina. Por favor, Raquel, si acaso llegara la policía con una orden de detención en su contra, haga usted lo que acordamos en mi despacho: tiene derecho a hacer una llamada y puede hacerla desde su casa. Llámeme a mi móvil y yo de inmediato llamaré a su marido y a Alejandra. Rehúsese a responder nada que le pregunte la policía. ¿Entiende bien? Nada. Solo responda que su abogado hablará por usted y no diga más. Yo estaré con usted tan pronto me sea posible.

—Me asusta, licenciado.

—Es mejor estar prevenidos, Raquel.

—¿Y si la policía quiere llevarme?

—No se resista entonces y acompáñelos. Yo me trasladaré directamente hasta la comisaría.

Rompí en llanto sentada en medio del sofá. Elías corrió a sentarse a mi lado y me estrechó. Socorro se sentó del otro lado, tomó mi mano derecha y la acarició como si quisiera ayudar a que me serenara.

El abogado nos miraba pensativo desde su sillón. Luego habló en voz baja,

—Raquel, si pudiera, sería mejor que se quedara en casa unos días y que no abra la puerta. Si acaso viniera la policía, no les abra. Ellos no podrán entrar a la fuerza, a menos que tuvieran una orden judicial de un juez para ello, cosa que por algo como esto, no se giraría. La policía podrían aguardar en la puerta hasta que alguien abriera o que usted llegara, si se encontrara fuera.

—Y entonces, ¿qué hago?

—Entonces me llama de inmediato y le llama a su marido y venimos a su encuentro. De esa forma, si trajeran consigo la orden de aprehensión, podrían aplicarla estando su abogado a su lado. Así no tendría usted que preocuparse por responder nada de nada. Yo me encargaría.

Todos escuchábamos atentos a Lizarrabengoa.

—Elías—, instruyó a mi marido —hay una estación de servicio a pocas cuadras de aquí, ¿no es así?

—Así es, Domingo.

Conocía yo muy bien a mi marido. Si el abogado iba a llamarlo por su nombre, él dejaría de lado el "licenciado" y el "abogado" y lo llamaría también por su nombre.

—Allí nos encontraremos. No venga directo a su casa pues la policía podría actuar antes de que yo pudiera estar presente. No deje que le ganen las ansias y se me adelante. Quien llegue primero, espera al otro en la estación de servicio y de allá nos dirigimos a la casa para llegar al mismo tiempo. ¿Estamos?

—Entendido.

—¿Y qué hacemos con Marianita? —pregunté.

—Tal como acordamos, llamaré a Alejandra para que se haga cargo de ella —prometió el licenciado.

—Tranquila, Raquel. Está usted en las mejores manos. No está sola y su abogado sabrá muy bien manejar la situación. Claro, si es que llega a ser necesario. ¿No es así, Domingo?

—Eso espero, Socorro —respondió Lizarrabengoa en un tono, por primera vez, no tan optimista como antes—. Eso espero…

Alejandra trajo a Marianita a las 8:40 y quedó de llamarme al día siguiente para que la pusiera al tanto de nuestra conversación con Lizarrabengoa. Nuestra hija venía feliz. Lo había pasado muy bien con *tía* Ale, como ahora la llamaba. La ayudé a prepararse para ir a la cama. Encendí una grabadora con un disco de cuentos de hadas que le gustaba escuchar para quedarse dormida, cerré la puerta de su habitación y bajé a la cocina con Elías, que se encontraba sentado en la barra, contemplando una taza de café.

—¿Qué piensas, Elías?

—Trato de asimilar todo lo que ha sucedido. Creo que es necesario que Blanca nos cuente si alguien en su casa vio el incidente. Lizarrabengoa dijo que sería bueno que hubiera algún testigo.

—Tienes razón —le respondí, caminando hacia la ventana en la sala, que daba a la calle—. Mira, hay luces encendidas en su casa. Si no había nadie cuando llamaste a su puerta por la tarde, ahora deben estar todos ahí. La llamaré.

Fuimos al teléfono y marqué el número de Blanca. Timbró unas siete veces y nadie respondió.

—Qué extraño. A estas horas deben estar ya en casa y se ven luces encendidas. Deben estar allí. Intentaré de nuevo.

Y volví a llamar. Esta vez dejé timbrar el teléfono más veces. Conté 10… 11… 12… y Elías me hizo cortar.

—Es inútil. No contestan —protestó.

—Tal vez su teléfono no sirva.

—Pudiera ser posible. ¿Y si marcas a su celular?

—A ver… No sé su número, pero lo tengo guardado en mi celular. Está en nuestra alcoba.

Subamos.

Tomé mi móvil del buró y me di cuenta de que la batería se había descargado. Estaba muerto.

—No queda más que ir a su casa. Como sea, no es tan tarde. A estas horas ya debieron haber cenado y no creo que Blanca esté ocupada. Déjame ir a buscarla.

—No, cielo. No tomemos riesgos. Hagamos caso a Lizarrabengoa. Iré yo. Tú no te acerques a la puerta ni abras, que yo tengo mi llave. Quédate en este piso. Ve al cuarto de TV o ve a ver cómo está Mariana. Si Blanca vio algo, le pediré que venga conmigo y nos lo cuente.

Sentí que exageraba un poco, pero comprendí que estaba preocupado. Hice como me indicó mi marido y fui a ver a Marianita. Todavía no se dormía, aunque los ojos ya se le cerraban. Me recosté a su lado y acaricié su cabeza hasta que se quedó dormida. Me daba ternura verla así. Mi pequeña… Antes le contaba yo los cuentos de hadas para arrullarla, pero desde que alguien le obsequió ese disco en su último cumpleaños, prefería escuchar los cuentos de ahí, pues eran relatados entre efectos de sonido y una música muy placentera.

Escuché la puerta abrirse y de inmediato bajé a encontrarme con Elías y con Blanca. Él venía solo.

—¿Y? —le pregunté a secas.

—No me abrieron, Raquel.

—¿Cómo que no te abrieron? Tal vez su timbre no funcione.

—Toqué el timbre tres veces y llamé a la puerta con mi puño dos. Pero nadie vino.

—Qué raro… No son horas de andar fuera entre semana. Y si las luces están encendidas es porque están en casa.

—Y entonces, ¿por qué no me abrieron? ¿Y por qué tampoco contestaron tus llamadas?

Nos asomamos por la ventana y vimos que las luces encendidas de la planta baja en la casa de Blanca se apagaban. Unos segundos después, se encendieron las de la planta alta.

—Pues sí… Tenías razón, cielo… Están en casa… Eso explica por qué no me abrieron y por qué no tomaron tus llamadas.

—¿Por qué, Elías?

—Porque no quisieron, Raquel. Es evidente que nos están evitando.

—¿Evitando? Blanca se ha portado muy bien conmigo, Elías. De ella no puedo dudar. ¿Por qué nos habría de evitar?

# ~ 22 ~

Al amanecer, no lograba levantarme de la cama. Elías tuvo que preparar el desayuno de Mariana y su almuerzo para la escuela antes de llevarla. No dormí nada la noche anterior, pero no tenía sueño. Era mi ánimo lo que no me permitía ponerme en pie. Un sentimiento de honda tristeza y miedo se había apoderado de mí. Yacía en posición fetal sin tener conciencia del pasar del tiempo.

Levanté la mirada y vi que el reloj despertador marcaba las 10:47. Pensé que tal vez la televisión me podría distraer y ayudarme a pensar en otra cosa. Me levanté por fin y me eché encima una bata. Caminando con desgano me dirigí al cuarto de la TV, la encendí y me tumbé en el sofá. Estaban dando dibujos animados en el canal infantil que había dejado sintonizado Mariana. Yo no tenía ánimo ni para cambiar de canal, así que me quedé recostada de lado, mirando sin ver y oyendo sin escuchar. Ni siquiera recuerdo qué programa era.

La televisión comenzó a arrullarme y cerré los ojos. Me pareció que escuchaba muy lejos el timbre de una puerta. Me levantaba del sofá y caminaba despacio hasta la puerta, que no lograba encontrar. Iba de habitación en habitación buscando la puerta mientras el timbre sonaba y no lograba dar con ella. En la cocina estaba Socorro Alanís, con una falda negra y una blusa blanca, como de costumbre, y preparándome un té.

—¿Busca algo, Raquel?

—Sí, Socorro. Busco la puerta. ¿Sabe dónde está?

—Claro que sí. Acompáñeme.

Yo seguía a Socorro que me guiaba a la sala y me mostraba una gran pecera con peces tropicales, como la que había en el despacho del abogado.

—Allí está la puerta, mírela.

—¿Dónde, Socorro? No la veo.

—Allí, yo misma la puse dentro de la pecera —me señalaba.

—¿Para qué la puso ahí, Socorro? Alguien está llamando y no puedo abrirle.

—Allí la puse para que no puedas salir, *querida*.

Al escuchar "querida", quité la mirada de la pecera y miré a mi lado sobresaltada. Ya no estaba Socorro, sino Talina, vestida con la falda y la blusa de la asistente del abogado.

—¡Talina! ¿Qué haces aquí? ¿Dónde está Socorro?

—No existe Socorro, querida. Soy yo la asistente de Lizarrabengoa. Todo este tiempo te he hecho creer que me llamo Socorro para despistarte.

—Pero, ¿cómo es esto posible?

—Todo es posible, señora Tanús. Todo —decía una voz a mis espaldas. Era sor Humberta, recorriéndome con la mirada de arriba abajo con su desdén habitual.

—¿Cómo entró aquí, hermana?

—No fue nada fácil. Tuve que deshacerme primero de la hermana Engracia.

—¿Se deshizo de la hermana Engracia? ¿No le bastó con deshacerse de mí en la parroquia?

—Hay que hacer lo que hay que hacer, señora Raquel. Estelita me ayudó, como siempre. ¿No es así, Estelita?

La señora que se sentía dueña y gerente general de la parroquia de la Medalla Milagrosa estaba sentada en el sofá de la sala, mirándonos en silencio. Su presencia me irritaba.

—Estelita, usted no es bienvenida en esta casa. Haga el favor de marcharse ahora mismo.

—No puedo irme, Raquel. Por más que me lo exijas, no puedo irme de aquí.

—Y, ¿por qué no? ¿es que también se siente dueña ya de mi casa?

—No puedo irme porque la puerta de tu casa está dentro de la pecera.

Me alejaba de la sala y subía por la escalera. Al llegar arriba, me encontraba en el piso superior de nuestra casa en Puerto Real, donde habíamos vivido hasta que nos mudamos a Buenaventura. Escuchaba pisadas fuertes sobre los escalones, de alguien que subía detrás de mí. Resonaban como pisadas de suelas de madera. Era Talina, vestida todavía con la blusa blanca y la falda negra de Socorro, pero calzando unos zuecos rojos como los míos.

Aceleraba mi paso por el pasillo para encerrarme en mi alcoba, pero el pasillo se volvía cada vez más largo. Por fin llegué y abrí la puerta. Esperaba entrar en mi alcoba pero me sorprendía encontrar en cambio el despacho de Lizarrabengoa, sentado tras su escritorio revisando unos papeles. Las pisadas de madera se acercaban más a mis espaldas.

—Dígame, Raquel, ¿la puedo ayudar en algo? —me preguntaba el abogado.

Cerraba la puerta y continuaba por el pasillo de mi casa anterior, intentando llegar a mi habitación. Al dar con ella, abría su puerta y encontraba esta vez el salón de catecismo. Los niños estaban de pie rezando el Credo guiados por Sor Engracia. Sor Humberta se levantaba del escritorio y venía a mí protestando,

—Raquel, no puede usted estar aquí. Ya se lo he dicho.

—Pero, ¡esta es mi casa!

Las pisadas de madera se habían detenido. Miraba atrás y veía a Talina, de pie en el pasillo, muy cerca de mí.

Seguía mi camino por el pasillo, con paso ya muy acelerado, esperando dar con la puerta de mi alcoba. Nuevamente llegaba a ella. Al abrirla, el señor García, un amable anciano de la parroquia, me reprochaba

—¡Raquel! Hace ya varias semanas que no me trae la comunión. ¿No ve que sigo enfermo y no puedo salir?

Parecía como si toda mi vida reciente se hubiera metido en las habitaciones de la casa donde habíamos vivido en Puerto Real. Las pisadas de madera retumbaban con más fuerza y su eco reverberaba en las paredes del pasillo. Caminaba lo más rápida que podía y abría otra puerta. ¡Por fin estaba en mi alcoba!

Entraba a toda velocidad, azotaba la puerta y le ponía el seguro. Las pisadas de los zuecos se detenían tras la puerta cerrada. Yo me recargaba en ella y no sabía qué hacer. Escuchaba que golpeaban a la puerta para que abriera.

—¡Retírate, Talina! Por piedad, ¡retírate!

—No soy Talina, señora Raquel. Soy sor Humberta. Ábrame ya.

—No abra, Raquel. Déjela que se canse de tocar y se vaya —me decía Socorro con serenidad, recostada de lado sobre mi cama, leyendo una revista.

—¡Talina! ¿Cómo entraste en mi alcoba?

—No soy Talina, Raquel. Soy Socorro, la asistente del licenciado Lizarrabengoa.

—Pero, ¿cómo? Si hace un momento no era usted, sino Talina, diciendo que era usted. Vestía la misma ropa.

—Yo no uso zuecos rojos, Raquel.

Me fijé en sus pies que, en efecto, no llevaban los zuecos rojos, sino unos zapatos negros de tacón.

—Talina tampoco. Pero un día le gustaron los míos y seguramente los tomó de mi armario y los lleva puestos, pero vistiendo como usted.

—Es que a Talina le gusta imitarnos a todas, Raquel.

Seguían llamando a la puerta. No solo golpeándola con la mano, sino también con el timbre.

—No entiendo para qué mandó Elías instalar un timbre en la puerta de nuestra alcoba —pensaba yo en voz alta.

Recargaba mi frente sobre mi puño derecho, en la puerta de la alcoba y cerraba los ojos.

Al abrirlos, estaba recostada en el sofá del cuarto de TV de vuelta en nuestra casa en Buenaventura. Había sido un mal sueño, pero seguían llamando a la puerta. Eso había sido real.

Me puse de pie y bajé la escalera deprisa, pero sin correr. Estaba todavía somnolienta. Al pasar al lado de la cocina, no pude evitar mirar a la izquierda y comprobar que Socorro Alanís no se encontraba allí.

Sin detenerme a ver por la mirilla quién llamaba, abrí la puerta, cometiendo el peor error de mi vida.

# ~ 23 ~

A la puerta estaba el inspector Víctor Armenteros, acompañado del agente Wenceslao Ordóñez. Me mostró su placa de policía y se presentó de nuevo, seguramente para cumplir con su protocolo.

—Inspector Víctor Armenteros, Departamento de Policía de la Ciudad de Buenaventura. Traigo conmigo una orden de detención en su contra. Señora Raquel Orozco de Tanús: se le acusa de violación a la orden de restricción que protege a la señora Talina Olmedo de Blanco y asalto agravado en contra de la misma señora Talina Olmedo de Blanco…

Las piernas se me doblaron. Me sostuve del marco de la puerta y me senté en el suelo sobre mis talones.

—¿Se siente bien, señora? —preguntó el agente.

La escena de hacía unas semanas se repetía en la puerta de mi casa. ¿Por qué abrí la puerta sin haber mirado por la mirilla antes? ¿Por qué no hice caso a lo que me enfatizó el abogado? Es que me sentía somnolienta y no estaba del todo alerta. De cualquier modo, era ya demasiado tarde.

Armenteros me sacó del ensimismamiento,

—Señora Tanús, queda usted detenida. La ley de Costa del Sol le otorga las siguientes garantías: Tiene derecho a abstenerse de declarar y no responder a ninguna pregunta hasta que sea representada por un abogado, si así lo desea. De lo contrario, lo que diga será registrado por escrito y podrá ser usado como evidencia. Si no cuenta con un abogado, el estado le brindará la representación legal de un defensor de oficio, sin costo para usted. Puede también realizar una llamada telefónica a un pariente, amigo o abogado para informarle dónde está y pedirle que la acompañe durante el interrogatorio. Puede realizar la llamada en este momento o desde la comisaría. ¿Entiende cada uno de sus derechos?

Asentí con la cabeza.

—Por favor, responda en voz alta.

—Sí, los entiendo.

—¿Hay algún familiar suyo presente? —intervino el agente Ordóñez.

—No. Estoy sola.

—En ese caso, le sugiero hacer la llamada a la que tiene derecho ahora mismo. Tal vez quiera avisar a su marido. Solo puede hacer una llamada, señora —explicó Ordóñez—, de modo que elija bien a quién llamará.

¿Qué debía hacer? Me sentía como en un sueño. Tomé mi teléfono y comencé a marcarle a Elías, pero me arrepentí. Sentía la necesidad de avisarle a mi marido primero que a nadie y escuchar sus palabras se aliento. Pero pensé que sería más prudente llamar al abogado y que me asesorara. Como sea, él podría llamar a Elías como habían acordado. Qué difícil fue tomar la decisión entre mi marido y mi abogado. Terminé por llamar al segundo y marqué a su móvil.

—Es este el teléfono móvil del licenciado Domingo Lizarrabengoa. Por el momento no puede responder en persona. Le atiende su asistente, Socorro Alanís.

—¡Socorro! Soy Raquel Tanús. Necesito hablar con el licenciado de inmediato. ¡Me han detenido!

—¿Cómo que la han detenido? ¿Dónde está usted?

—Estoy en mi casa. Aquí está la policía. Es esta la única llamada a la que tengo derecho.

—Domingo está en su despacho atendiendo a uno de sus clientes por teléfono. Permítame un segundo.

Los policías me miraban con el rostro adusto. Sobre todo Armenteros, que parecía presionarme con los ojos para que terminara. No aguanté su mirada y bajé la cabeza. Me vi entonces y me di cuenta de que seguía en pijama. ¿Así me iban a llevar detenida?

—¿Raquel? —escuché del otro lado del teléfono.

—Licenciado, la policía está aquí en mi casa. ¡Me han detenido! Dígame, ¿qué hago?

—¡Lo lamento mucho, Raquel! Pero no pierda la calma. Imagino que esta es la llamada a la que tiene derecho y que su marido aún no se ha enterado. Yo mismo le daré aviso y le pediré a Socorro que se comunique con Alejandra y le pida que recoja a su hija en la escuela. Le digo esto antes que nada porque me imagino que en este momento su mayor preocupación es su familia, en especial su hija.

—Tiene razón, licenciado.

—Bien. Lo siguiente que debe hacer es decir a los

agentes que apela usted a su derecho a abstenerse de declarar y que su abogado la representará.

—Ya entiendo.

—Ahora mismo, Raquel. Antes de que otra cosa suceda. Dígales que apela a su derecho y continúe en la línea. No podemos prolongar mucho esta llamada y no es conveniente que hablemos frente a los policías, pero quiero estar seguro de que entiende cómo proceder.

Bajé el teléfono y con voz quebrada enuncié,

—Inspector, quiero apelar a mi derecho a abstenerme de declarar. Mi abogado me representará y hablará por mí.

Armenteros solo se encogió de hombros. Su compañero me contemplaba inmóvil.

—Ya lo hice, licenciado. ¿Qué más?

—La llevarán ahora a la comisaría y la conducirán a un cuarto para interrogatorios. A cualquiera que le pregunte nada, repita tal cual lo mismo que acaba de decir a los agentes. Después se queda callada. Yo estaré en la comisaría en una hora a más tardar. Raquel… me temo que le pondrán esposas en las muñecas. Por favor no se alarme. Es por protocolo y no hay manera de evitarlo.

Sentí que los ojos se me rasgaban pero quise ser fuerte,

—Entiendo. Estoy en pijama todavía. ¿Tendré que irme así?

—No se preocupe. Creo que podremos solucionarlo, pero tendré que hablar con uno de los agentes. Con el de más autoridad. Comuníqueme por favor con él. Puedo apostar que él colgará tras hablar conmigo para poner fin a la llamada. La veré en la comisaría. Póngame con el agente por favor.

—Gracias, licenciado. Le pediré al inspector que

hable con usted.

Bajé el teléfono, respiré hondo y le dije al inspector, que se mostraba cada vez más impaciente,

—Inspector, mi abogado, el licenciado Domingo Lizarrabengoa, necesita hablar con usted.

—¿Lizarrabengoa es su abogado? —preguntó Armenteros exaltado, poniendo sus puños sobre su cintura y mirando al cielo mientras suspiraba. Luego tomó el teléfono.

—¿Lizarrabengoa? Soy Víctor Armenteros. ¿Qué desea?

Me sorprendió el tono descortés. Recordé que el abogado me había dicho que entre ellos tenían ya algo de historia.

—¿Armenteros? Vaya sorpresa. Nos volvemos a encontrar, por lo visto.

—Así parece.

—Solo para pedirle un favor. Mi cliente, la señora Tanús, necesita cambiar de ropa antes de que se la lleven. Comprenderá lo incómoda que se sentiría estando en pijama en la comisaría. Le pido que se lo autorice. Ella no demorará más de lo necesario.

—Está bien, Lizarrabengoa. Así será. Pero tendrá que acompañarla a su habitación mi pareja.

—¿Lleva orden del juez para entrar en la casa de mi cliente? De lo contrario, mi cliente no consiente que su agente, ni usted tampoco, entren en su casa. Nada personal, Armenteros, es solo conforme al derecho.

—No haga las cosas difíciles, Lizarrabengoa. Sabe que podemos llevar a su cliente detenida así como está.

—Apelo a su sensatez, inspector. Ella no tardará más de 10 minutos. Tiene mi palabra.

—Cinco minutos y ni uno más.

—De acuerdo. Es solo para darle a la señora algo de privacidad mientras se cambia, ¿le parece?

—Está bien, Lizarrabengoa. Así será —repitió el inspector—. ¿Se le ofrece algo más al señor abogado? —preguntó en tono irónico.

—A decir verdad, sí Armenteros. Por favor no empiece con sus triquiñuelas de siempre cuando llegue el señor Tanús y pida ver a su esposa. Vea que lo hagan pasar conforme al derecho que tiene mi cliente a ser acompañada por un familiar y por su abogado durante la toma de declaración y no empiece a inventar sus famosos pretextos que orillan a la gente desesperada a ofrecerle "un par de billetes morados" con tal de obtener algo que, de por sí, es un derecho.

—¿Qué se ha creído, Lizarrabengoa?

—El abogado de la señora Tanús, Armenteros. Tan simple como eso. Y mi obligación es defenderla. Tanto de las acusaciones injustas que le están achacando, como de la corrupción del departamento de policía. Así que no empiece o me veré obligado a interponer esta vez la denuncia correspondiente.

La tez de Víctor Armenteros se había teñido de rojo. Se le veía sumamente molesto.

—Creo que no tenemos más que hablar, Lizarrabengoa. Aquí concluye esta llamada —y colgó.

—Le devuelvo su teléfono, señora, pero no podrá llevarlo con usted a la comisaría. Deberá dejarlo aquí, en su casa. Ande a su habitación y vístase. Tiene solo cinco minutos para cambiarse o el agente Ordóñez entrará por usted—sentenció mirando su reloj de pulsera.

Subí a toda prisa a mi habitación y cerré la puerta. Activé el altavoz de mi móvil y marqué a Elías aprovechando la oportunidad. Mientras, tomaba del armario el primer pantalón que mi mano encontró y una blusa de algodón de cuello de tortuga.

El teléfono de Elías sonaba ocupado. No podía pasar esto ahora. Marqué de nuevo y la línea seguía ocupada. Pensé entonces que era tal vez Lizarrabengoa hablando con mi marido. Recé porque así fuera.

Tomé una chaqueta de gamuza del armario, calcé unas ballerinas de color morado y bajé de nuevo donde los agentes.

Ordóñez sostenía en sus manos un par de esposas. Tal como me había advertido el abogado. Sentí mucho miedo.

—Señora, extienda sus manos. Debo colocarle estas esposas.

—¿Es necesario? Le aseguro que no me resistiré ni haré nada indebido.

—Así son las reglas, señora —explicó en un tono más amable.

Miré a Armenteros suplicante.

—Son las reglas, señora. Solo cumplimos con nuestro deber —reafirmó, también en un tono más amable.

Extendí las manos y cerré los ojos girando mi cabeza a la derecha, como una niña a quien van a vacunar en el brazo izquierdo. Sentí el frío metal en mi muñeca izquierda y escuché un fuerte *clic* al cerrarse. Después lo mismo en la otra muñeca.

—Puede bajar sus brazos, señora. Acompáñenos ahora —indicó Ordóñez, tomándome del brazo izquierdo mientras caminábamos a la patrulla. Sentía que me quería morir. Rezaba porque ninguno de mis vecinos me viera así.

Abordé la patrulla en el asiento trasero. Armenteros se sentó a mi lado. Ordóñez iba al volante. Al pasar junto a la casa de Talina no quise mirar. Quería pensar que no estaría en su ventana, mirándome como de costumbre y esta vez además, con una sonrisa de victoria en sus labios. Eso quería yo pensar, aunque sabía que la realidad era otra.

# ~ 24 ~

El padre Jesús Villaseñor extendió su mano izquierda hacia las bandeja de las pastas secas y su mano no encontró nada. Aunque de complexión delgada, el sacerdote tenía buen diente, pero esta vez había dado cuenta de las galletas comiendo de ansiedad más bien, mientras escuchaba el relato de Raquel.

—Me sorprende tanto lo que me cuentas, hija... Ha sido mucho lo que has tenido que aguantar.

—Sí, padre. A veces he sentido que comienzo a perder la cordura, pero creo que todavía no es así.

—En cuanto a sor Engracia y Estelita, ya me ocuparé de eso. No debieron proceder de esa forma tan cruel. Y como bien dices, se han tomado atribuciones que no les corresponden. Me espera una larga y seria conversación con cada una de ellas.

—Creo que sería bueno que lo hiciera, padre. Esta es la Iglesia Católica y no deberíamos tratarnos así.

—Totalmente de acuerdo contigo, hija. Te pido perdón por el daño que te han causado. Aunque ellas son responsables, prestan un servicio en esta parroquia que está a mi cargo, de modo que también soy corresponsable.

—No lo he acusado a usted, padre Villaseñor —le aseguró Raquel—. Es más, ni siquiera me ha pasado por la cabeza que usted sea responsable.

—No soy responsable directo, hija. En eso tienes razón. Pero soy el superior de esta parroquia. Es una responsabilidad que el Señor me ha encomendado.

El sacerdote se echó atrás en su sillón y se quedó pensativo un instante. Luego continuó:

—Muchas veces no es fácil ser sacerdote, ¿sabes?

—Me lo imagino, padre.

—Cuando uno entra al seminario sueña con celebrar la Eucaristía, con escuchar almas afligidas y darles el perdón de Dios, con ir a una misión y llevar el Evangelio y asistencia a comunidades apartadas, con dirigir retiros espirituales y con ayudar a los moribundos a bien morir, con ir a estudiar a Roma y regresar a dar clases a los seminaristas… Pero la realidad implica muchas otras cosas. No queda bien uno con nadie, ni con el obispo, ni con los feligreses conservadores, ni con los más relajados, ni con las familias que hacen muchos donativos, ni con los que esperan y exigen que la parroquia les resuelva sus problemas personales…

—Vaya, sí que es complicado —reconoció Raquel.

—No se diga para nosotros, los párrocos. Acabamos involucrados en los asuntos financieros de la parroquia, en juntas de todo tipo por todas partes, en buscar cómo remediar inevitables problemas materiales de la parroquia: que la tubería tapada, que la impermeabilización del techo, que el abono de los jardines, que el equipo de sonido que nunca funciona… Es tanto lo que tenemos que hacer que a veces desatendemos aspectos muy importantes y, debo decirlo, muchas veces lo hacemos a propósito, haciéndonos de la vista gorda para no enredarnos en todavía otro problema más. Así, a veces escuchamos que algo no anda bien, que alguien está haciendo daño a otros… y miramos hacia el otro lado, fingiendo que nada sucede, cuando sabemos que pasa bastante, hasta que tarde o temprano, el problema que quisimos evitar se vuelve en uno muy grande. Como este caso, Raquel.

Ella lo escuchaba con atención. El presbítero prosiguió,

—Es por lo que te pido perdón, Raquel, a nombre de la parroquia y también a nombre mío. Algunos se habían quejado conmigo de Estelita. Otros menos, también de sor Humberta. Y lo dejé pasar una y otra vez.

—No se preocupe, padre Villaseñor. Simplemente, al escucharme esta mañana, me está dando usted un acompañamiento muy especial. Al hablar con usted, siento como si me estuviera desahogando con el Señor.

—Me conforta saberlo, hija —respondió el padre con sincero alivio—. Para eso también estamos los sacerdotes.

—Gracias, padre.

—Ten por seguro que pondré remedio a lo que a mí me toca. Pero dime, ¿qué pasó después de que te detuvieron?

El padre Villaseñor se puso de pie y caminó a un rincón de su oficina. De un mueble pequeño abrió la puerta y sacó dos botellas de agua. Le ofreció una a Raquel, que la aceptó, la abrió y le dio un buen trago.

Él se sentó de nuevo y abrió su botella. Le hizo un ademán para que continuara.

—No imagina lo horrible que fue esa tarde. En la comisaría me condujeron por un largo pasillo a una oficina donde esperé a mi abogado y a mi marido. Estar sola en ese cuarto fue muy angustiante. Cada segundo parecía un siglo.

—Ya lo creo.

—Por fin, llegó el abogado. Pero me volvió a dejar sola. Quería estar en la sala principal esperando a que llegara Elías. Me explicó que quería asegurarse de que nadie le impediría pasar conmigo con el afán de sacarle algún dinero. En compañía de mi abogado, no les quedaría más remedio que dejarlo entrar, como era nuestro derecho.

—Hizo bien tu abogado. La corrupción en la policía de Buenaventura es por demás conocida.

—Elías solo tardó unos minutos más. Ya reunidos conmigo, les conté con detalle cómo fue la detención. El licenciado nos leyó en voz alta la orden de aprehensión, donde se me acusaba de haber violado la orden de restricción y de haber cometido asalto agravado en contra de Talina al haberla tirado deliberadamente de la escalera con el propósito de hacerle daño.

—Es increíble —suspiró el sacerdote.

—Así me parecía a mí. Pero el licenciado nos dijo que él esperaba una jugarreta de este estilo por parte de Talina. Me instruyó sobre la forma como debía rendir mi declaración y declararme inocente de ambos cargos. Me advirtió que no hay remedio, tendré que enfrentar un juicio penal.

—Imaginaba que eso me dirías, pero rezaba por dentro que no fuera así —dijo suspirando el presbítero.

—Así es, padre. No hay más remedio. Por fortuna, el abogado consiguió que no me encarcelaran esa tarde.

—¿Encarcelarte? ¿Y por qué?

—Pretendían enviarme a prisión preventiva, en lo que llegaba la fecha del juicio. Pero el abogado logró que saliera bajo fianza. Afortunadamente, teníamos ahorros suficientes para pagarla, Q50,000 quirinales por el supuesto asalto y Q5,000 por violar la orden de restricción.

—¡Es una suma muy cuantiosa!

—Así fue. Y eso porque eran mis primeras supuestas ofensas. De otra forma podría haber alcanzado el doble esa cantidad. Pero solo es un pago temporal. Las fianzas se pagan como garantía de que me presentaré al juicio. Recuperaremos entonces esa cantidad. Pero de no haberla pagado, me habría ido a prisión un par de meses. ¡Habría pasado Navidad tras las rejas, padre!

—Qué bueno que Dios no lo permitió, Raquel. Habría sido devastador para todos ustedes. En especial para tu hijita.

—Me aterra solo pensarlo, padre. Y eso me llena de angustia. Si me llegan a declarar culpable de alguna de las acusaciones…

Raquel se quedó callada. Los ojos comenzaron a llenarse de lágrimas. El sacerdote la contemplaba compasivo. Ella no podía continuar. Un nudo en la garganta se impedía. Raquel intentaba con todas sus fuerzas de contener el llanto. Había llorado demasiado ya y se había prometido no volver a hacerlo.

—Hija —la animó el sacerdote—, déjalo salir. Deja salir tu miedo y tu aflicción. Llora lo que tengas que llorar y dime, ¿qué pasaría en ese caso?

Raquel al fin rompió en llanto. El sacerdote le

acercó una caja de pañuelos desechables. Comenzó a sollozar y bebió agua de su botella. Ya más tranquila, continuó:

—Padre, si me declaran culpable, me esperan entre 1 y 15 años de prisión.

El padre Villaseñor cerró los ojos y suspiró hondo.

—Dime, Raquel. ¿Cómo puedo ayudarte?

—Como le he dicho, escucharme me ayuda bastante. También quiero pedirle mucho que ore por mí. Y si voy a prisión, quiero pedirle a Elías que lo busque y que le pida dirección espiritual para que pueda sobrellevar esta situación.

—Claro, hija. Cuenta con ello. ¿En qué fecha es el juicio?

—Es hoy, padre. A las 12. En poco más de una hora y media.

El padre Villaseñor miró su reloj de pulsera.

—Raquel, iremos juntos a la capilla a orar antes de que te vayas al juzgado. Necesito hacer antes un par de llamadas, por favor, aguarda afuera.

Raquel salió y cerró la puerta con delicadeza. Espero a que saliera el sacerdote, deseando no toparse con sor Humberta.

El padre Villaseñor tomó el teléfono y marcó al padre Miguel.

—¿Diga?

—Miguel, soy el padre Jesús. Necesito que me cubras en la misa de 12. Te devolveré el favor celebrando la misa que te toca a las 7. Se trata de una emergencia.

—Cuenta con ello, padre.

—Te lo agradezco, Miguel.

El sacerdote colgó y llamó a otro número.

—Convento de las Hermanas Pascualinas, ¿en qué puedo servirle? Habla sor Bertha.

—Sor Bertha, soy el padre Jesús, de la parroquia de Santa Catalina Labouré. Póngame de inmediato con la madre superiora, si me hace el favor. Es muy urgente.

—Ahora mismo, padre.

La religiosa no tardó ni un minuto en enlazarlos.

—¿Padre Villaseñor? Soy la Madre Lucrecia. ¿Para qué soy buena?

—Buenos días, madre. Es una llamada urgente. Me temo que deberemos tener una conversación un poco más adelante. Por ahora, quiero pedirle un favor.

—Lo que usted me indique, padre.

—¿Tiene alguna asignación sor Humberta esta tarde?

—Sí. Estará con ustedes, en la parroquia, hasta las 11:30. Después irá al centro con una de las hermanas a comprar telas que necesitamos para confeccionar unos manteles para el altar de la catedral que nos ha encargado el señor obispo.

—Madre Lucrecia, necesito que autorice a sor Humberta a pasar el resto del día conmigo. Tengo un trabajo especial que solo ella puede realizar. Si tiene usted tiempo mañana, me gustaría visitarla en su convento.

—No puedo negarle que su llamada me intriga, padre, pero usted manda. Cuente con sor Humberta el resto del día. Mañana podemos conversar a cualquier hora por la tarde, si le parece bien.

El padre Villaseñor condujo a Raquel hacia el claustro y de ahí a una capilla que ella no conocía todavía. Al entrar, se ubicaba el altar al lado derecho. A su frente, dos filas de cuatro bancas.

El sacerdote indicó a Raquel que se sentara en la primera banca y se dirigió al fondo de la capilla. Ella contempló el sagrario, que tenía la forma de una zarza ardiendo, como la de Moisés en el libro del Éxodo. Se puso de rodillas ante el Santísimo.

El sacerdote tomó de una mesita dos cordones que parecían un rosario y los trajo consigo donde Raquel. Le dio uno a ella.

—¿Conoces la Oración del Corazón?

—No, padre, no la conozco.

—Es muy sencilla, pero a la vez, muy profunda. Toma el cordón con tu mano izquierda. Verás que parece un rosario, pero de hecho, el cordón de oración se comenzó a usar siglos antes.

Raquel escuchaba atenta. Tomó el cordón como el sacerdote le indicó.

—La Oración del Corazón dice así: "Señor Jesucristo, Hijo de Dios, ten piedad de mí, pecador". Se repite una vez en cada nudo. Cada veinticinco nudos, encuentras este nudo más grande, en forma de una cruz. Al llegar a él, te quedas callada, en contemplación, y después continúas hasta terminar.

—Parece sencilla. ¿Por qué se llama "Oración del Corazón"?

—Porque con la práctica, se reza con el corazón. Pon atención: Al tiempo que rezas la primera parte, "Señor Jesucristo, Hijo de Dios…" tomas una respiración profunda. Luego continúas, exhalando lentamente, "…ten piedad de mí, pecadora". Poco a poco, percibirás que el ritmo de tu respiración es movido por el palpitar de tu corazón. Es así que tu corazón y todo tu ser estarán orando, invocando una y otra vez el santo nombre de Jesús e implorando su misericordia.

—¡Qué hermoso! ¿Dice usted que esta oración se compuso antes que el Rosario?

—Así es, Raquel. Entre los siglos III y IV, por los padres del desierto. A través de la Oración del Corazón desarrollaron una forma de espiritualidad conocida como hesiquiasmo. Su fin es alcanzar la quietud del alma en presencia del Señor.

—Justo lo que necesita mi alma en estos momentos.

—Por eso te la estoy enseñando, hija —dijo el padre guiñándole un ojo—. Esta forma de orar es muy común en nuestros ritos católicos orientales y en la Iglesia Ortodoxa, aunque también la practicamos en el rito latino. Si quieres saber un poco más, puedes buscar en el Catecismo que te habrán dado cuando comenzaste a ayudar como catequista. La Oración del Corazón aparece en la cuarta sección, dedicada a la oración en la Iglesia[5].

—Así lo haré, padre.

—Por lo pronto, lo que importa es que oremos, hija. Hagámoslo juntos. Yo en voz alta para ir marcando el ritmo y cuando tú misma inhales y exhales en un ritmo cómodo para ti, continúas por tu cuenta. Tenemos tiempo para rezar el cordón completo.

—Se lo agradezco, padre.

—Estoy para servirte, hija. Esta oración te será de mucha ayuda. Llévate contigo el cordón y cuando estés en el juicio y te sientas inquieta, tómalo con tu mano izquierda y comienza a rezar. Verás que te ayudará a serenarte.

Y así, con ayuda del sacerdote, Raquel comenzó a rezar pausadamente,

—Señor Jesucristo, Hijo de Dios… ten piedad de mí, pecadora.

---

[5] *Catecismo de la Iglesia Católica 2665-2669.*

# PARTE 2

# EL JUICIO

# ~ 1 ~

Raquel salió de la parroquia sintiéndose serena, pero al subir a su automóvil, las dudas la asaltaron. ¿Y si la declaraban culpable? La detendrían en ese momento y la enviarían a prisión. ¿Cómo haría Elías para conducir su auto y el de ella de la comisaría a su casa? ¿Y si en el trayecto a la comisaría la traicionaban los nervios y tenía un percance? Eran historias que tejía su mente pero se volvían muy poderosas. Decidió pedir ayuda a su amiga. A la única que le quedaba, Alejandra. Blanca parecía haber desaparecido. Sin mayor aviso, había dejado de ir a su casa los jueves a desayunar. Elías llevaba a Mariana al catecismo los sábados y, según contó a Raquel, no había vuelto a ver a Norma, la hija de Blanca, en las clases en la parroquia. Sacó su móvil de su bolso y llamó.

—Raquel, estoy preocupada por ti. ¿Ya estás en el juzgado?

—Aún no, Alejandra. Por eso te llamo. Me siento muy nerviosa y no creo poder manejar al juzgado. Podría llamar un taxi, pero, ¿crees que podrías llevarme tú? No quiero abusar de tu tiempo pues esta tarde recogerás a Marianita del colegio.

—Ni lo digas, amiga. Estoy contigo en 20 minutos. Tenemos apenas tiempo para llegar al juzgado.

Raquel condujo de la parroquia a su casa las pocas cuadras que las separaban. Guardó su auto en la cochera y aguardó a que llegara su amiga.

Mientras, Elías iba ya en camino hacia el juzgado. Lo mismo Domingo Lizarrabengoa acompañado de Socorro Alanís, quien, haciendo a un lado lo sentimental, le brindaba muy buena ayuda tanto en la oficina como en el juzgado. Era excelente para organizar notas y documentos y, pese a que el abogado insistía en comprarle una computadora portátil, ella se aferraba a tomar notas en taquigrafía y luego transcribirlas en su computadora de la oficina. Antes de trabajar en CEMECONS, la cementera donde se conocieron, había dado clases de taquigrafía y mecanografía en una secundaria. Eran otros tiempos.

De camino al juzgado, Raquel y Alejandra iban en silencio. Las dos estaban muy nerviosas. La conductora intentó hacer la plática para distraer la tensión de su amiga. Si alguien la comprendía, era ella.

—Vas muy elegante, Raquel.

—¿Te parece? Hice lo mejor que pude. Eso me aconsejó Lizarrabengoa. Dice que debo lucir como una señora decente e irreprochable para causar una buena impresión ante el juez y el jurado. A Elías le sugirió vestir con su uniforme de piloto, que de por sí tiene que usar en el centro de capacitación de South Wind. La gente suele tener respeto por los pilotos aviadores y sería un punto más a favor de mi credibilidad como su esposa. Según el licenciado, todo cuenta.

—Seguramente que es así. Y más si lo sugiere Lizarrabengoa. Tiene mucha experiencia.

—Ale…

—Dime, Raquel.

Ella guardaba silencio. Le costaba trabajo poner en orden sus ideas, pero más, expresarlas. Temía que al pronunciarlas se fueran a hacer realidad. Su amiga insistió.

—Raquel, ¿qué es eso que quieres decirme? Sabes que estoy contigo por completo.

—Es que…

—¿Sí?

Por fin rompió el silencio.

—Ale, si algo me pasa, por favor mira por mi pequeña.

Aunque Alejandra confiaba en el abogado, sabía que cualquier cosa podría suceder en el juzgado. No quería decir a su amiga que todo estaría bien pues ella misma no estaba segura de que así fuera.

—Por supuesto, Raquel. Si algo sucediera, no solo yo, sino también Bruno, veríamos cómo apoyar a tu familia. Es más, él ofreció estar disponible para acompañar a Elías en el juzgado. Pidió permiso en su trabajo y allá estará, con la idea de sentarse al lado de su amigo.

—No tengo cómo agradecerles, a ti y a Bruno, ser tan buenos amigos. Son los únicos que tenemos.

—¿Y Blanca? —preguntó Alejandra recordándole a Raquel de su amiga.

—No sé qué pensar de Blanca, Ale. Yo pensaba que ella también era mi amiga. De pronto, desapareció. Ese mismo día del accidente en la escalera. Al salir del jardín de Talina y doblar a mi casa vi de reojo una de las cortinas en sus ventanas cerrarse. No dejo de pensar que alguien en su casa vio todo. O al menos, parte de lo sucedido. No habría sido raro que con los gritos de Talina los vecinos más cercanos se asomaran a ver qué sucedía.

—¿La buscaste para preguntar? Ella sería de gran ayuda como testigo.

—Eso intentamos, Ale. Esa misma tarde, cuando Lizarrabengoa estaba en casa, intentamos Bruno y yo hablar con ella y preguntarle si había visto algo. No contestó mis llamadas, ni el teléfono de su casa ni en su móvil y tampoco abrieron la puerta a Bruno, que fue dos veces a llamar.

—¿Habrán estado fuera?

—Las luces estaban encendidas. Incluso la segunda vez que Bruno fue a llamar a la puerta, vimos poco después cómo se apagaban las luces de la planta baja y luego se encendían las del piso de arriba. Era obvio que nos estaban evitando.

—Qué extraño. Ella parecía llevarse muy bien contigo.

—Así era, Alejandra. Pero desde ese día no la he vuelto a ver. Dejó de acompañarme a desayunar los jueves en casa y tampoco respondió dos llamadas más en las siguientes semanas que la vi llegar a su casa y la llamé de inmediato. Me quedó claro que no quiere hablar conmigo, así que dejé de buscarla. Han pasado más de dos meses de eso.

—A mí me llamó la atención que diera de baja a Norma del catecismo los sábados. Desde que volvimos de las vacaciones de Navidad, no volvió. Sor Engracia llamó a Blanca por teléfono para preguntar y solo le dijo que no podría venir más a clases este año.

—Pareciera que se está escondiendo… —dijo pensativa Raquel.

—Yo no pensé más. Simplemente me llamó la atención, pero como es común que algunos niños no asistan más al catecismo, no me detuve a considerar ninguna razón.

—Pues sí que es extraño. Ella y Talina eran amigas desde antes de que yo llegara. Tal vez la puso en mi contra y por eso me evade. Es una experta en mentir y pudo haberla convencido de que así como represento un riesgo para ella y su familia, también podría serlo para Blanca y la suya.

—Tiene sentido, Raquel. Aunque Blanca sabía que tú no ibas al catecismo por la orden de restricción. No tenía necesidad de sacar a Norma del catecismo con la intención de no encontrarte en la parroquia. Pero, cabe otra posibilidad... —dijo pensativa mientras aguardaba a que un semáforo cambiara su luz roja.

—¿Cuál, Alejandra?

—Que también Blanca esté teniendo problemas con Talina y sea ella de quien se está escondiendo. Si es así, habrá preferido sacar a Norma del catecismo para no toparse con ella.

—Pudiera ser, pero entonces ¿para qué me evita a mí? Sería más sencillo hacerle frente a Talina juntas... —Raquel se quedó fantaseando unos instantes y al final resolvió —Aunque, ¿qué más da? La realidad es que estoy metida en un gran problema y con Blanca no podemos contar más.

Llegaron a la comisaría de Buenaventura y Raquel buscó donde aparcar su camioneta. Encontró lugar detrás de un sedán de color azul metálico.

—Mira, Ale. Un auto como el tuyo.

Se abrió en eso la portezuela del conductor y descendió no otra, sino Talina. De la otra puerta salió su hija Yolanda. Instintivamente, Raquel se agachó para esconderse, quedando en el regazo de su amiga.

—¡No es posible! —se quejó Alejandra.

—¿Ya se marchó? Parece una bobería, pero no

quiero que me vea. No ahora. Ya nos tendremos que ver las caras en el juzgado.

—Aguarda… Parece sacar su bolso del asiento de atrás.

Raquel se sintió avergonzada de estar en esta posición embarazosa, escondida de su rival. Ahí debajo, notó que su amiga venía en pantuflas.

—¿Acostumbras conducir en pantuflas? —le preguntó, intentando distraer su propia mente pensando en otra cosa.

—Ni me digas… Es la segunda vez que me pasa. Apenas me llamaste, tomé las llaves de la camioneta y salí hacia tu casa. Me di cuenta en el camino que, por las prisas, no me había cambiado las pantuflas. Es la segunda vez que me pasa. La primera fue terrible. Tenía un desayuno en Los Búhos con Lizarrabengoa para revisar información relacionada con la detención de Bruno y tuve que entrar a ese restaurante así. Y con lo elegante que es él, imaginarás que me quería morir de la vergüenza[6]… Ya puedes levantarte, ya se fueron Talina y su hija y entraron en la comisaría.

Raquel se reincorporó en su asiento.

—Será mejor que entre yo también. Debo ver a Lizarrabengoa y ya es hora.

—Y hablando del rey de Roma, tira la capa y este se asoma —dijo Alejandra, señalando a la acera de enfrente. Eran el abogado y su asistente.

Raquel sintió algo de alivio. Así podría entrar a la comisaría en compañía de su abogado. Temía entrar sola y toparse con Talina allí dentro. Descendió del auto para encontrarse con él. Alejandra también, para saludarlo.

Domingo Lizarrabengoa venía en un traje azul

---

[6] *Ver* El Laberinto del Perdón.

marino perfectamente cortado, su típica camisa blanca desesperantemente impecable y una corbata lisa en azul turquesa. El bolsillo del saco era rematado por la línea recta de un pañuelo blanco, doblado en estilo presidencial. Su par de zapatos de piel café oscuro parecían recién lustrados. Socorro Alanís, como era su hábito, vestía un traje sastre negro con su blusa blanca de siempre y sus zapatos negros de tacón.

—Buenos días, Raquel —saludó el abogado a su cliente.

—¿Cómo está, licenciado? —lo saludó Alejandra.

Domingo Lizarrabengoa no pudo evitar fijar la mirada en sus pantuflas. Ella lo notó y se encogió de hombros extendiendo hacia arriba las palmas de sus manos, en señal de resignación. Él le devolvió el ademán negando con la cabeza y con una sonrisa.

Alejandra se despidió del grupo y volvió a su auto. Tenía que volver a casa a preparar la comida y después a los colegios por sus hijos y también por Mariana. Se sentía irremediablemente preocupada por Raquel y hubiera preferido quedarse en el juzgado, pero sus hijos la necesitaban y la mejor forma de ayudar a su amiga era viendo por Mariana esa tarde.

Subían la escalinata que conducía a la entrada de la comisaría cuando los alcanzó Elías corriendo. Conociendo el camino de memoria, Lizarrabengoa avanzaba por delante. Entraron en la comisaría y continuaron hacia la derecha, llegando a una escalera. Subieron un piso y pasaron por los rayos X de un módulo de seguridad.

El abogado habló con uno de los guardias y este los condujo a una pequeña sala privada en la que no había más que una mesa y seis sillas. Repasaron su estrategia una vez más. Les recordó cómo se llevaría a cabo el proceso: Acusación, defensa, testigos, declaraciones finales, deliberación del jurado, veredicto y sentencia.

Primero, Talina o su abogado expondrían la acusación en contra de Raquel. Su abogado podría hacerle preguntas para reafirmar algunos puntos y Lizarrabengoa haría un contra interrogatorio. Seguiría el turno de Raquel para exponer su versión de los hechos.

—Recuerde, hable mirando al jurado a los ojos, alterne mirando a la derecha de la banca del jurado y luego a la izquierda. Cada uno sentirá que los está viendo personalmente y así conectará con ellos.

Lizarrabengoa le haría preguntas solo si consideraba que valía la pena reafirmar o especificar algún punto que Raquel dejara ambiguo. Vendría la parte más difícil para Raquel durante la audiencia cuando enfrentara al abogado de Talina.

—Cuando el abogado le pregunte, mírelo a los ojos. Si le hace preguntas abiertas, es decir, que solo requieran un sí o un no, responda solo eso mirándolo a él. Si la pregunta implica que explique algo, hágalo de forma concreta, respondiendo sólo lo que le pregunte pero en este caso, mirando al jurado, explicándole a ellos. Mantenga en todo momento la compostura, no se exalte ante las provocaciones que, por seguro, le tenderá el licenciado. Si él hace una pregunta fuera de lugar, de inmediato la objetaré y usted no tendrá que responderla. En todo momento, evite mirar a Talina, salvo al principio, si su abogado le pide que la identifique. Si comienza a sentirse muy nerviosa, respire profundo y beba un poco de agua. A su lado habrá una jarra y un vaso limpio que cambian cada vez que alguien se sienta en el banquillo.

Como una atleta que está por entrar en una competencia y escucha a su entrenador, Raquel ponía atención a lo que le indicaba Lizarrabengoa, frotándose las manos con nerviosismo.

Seguiría un receso y al volver, declararían los testigos. Era obvio que Talina traía consigo a su hija Yolanda para que declarara, así que esa sería la única testigo en la audiencia. Ellos no contaban con nadie que hablara en favor de Raquel.

—Tal vez debí pedir al juez que emitiera un citatorio para que su vecina, Blanca, viniera a declarar, como se lo sugerí en su momento —advirtió Lizarrabengoa.

—Es mejor así, licenciado. Alejandra y yo creemos que se apartó por completo de mí y de mi familia porque está del lado de Talina o porque Talina ha ejercido una gran influencia, o presión quizás, sobre Blanca. Lo peor que me podría suceder es que viniera y declarara también en mi contra, hundiéndome sin remedio.

—Muy bien. No me queda más que interrogar a la hija de Talina de modo que sus respuestas lleven al jurado a comprender la verdad detrás de las acusaciones.

—Confiamos en que lo hará muy bien, Domingo —aseguró Elías.

Después de los testigos y otro receso, el abogado de Talina hablaría por última vez al jurado, reafirmando la acusación e intentando convencerlos de la culpabilidad de Raquel. Lizarrabengoa cerraría haciendo lo propio, o si así lo decidía Raquel, daría la declaración final ella misma.

Después, habría que esperar el veredicto del jurado.

# ~ 2 ~

En el juzgado había varias salas donde se llevaban a cabo otras audiencias de forma simultánea. La que asignaron para el juicio *Suquet de Olmedo vs. Orozco de Tanús* no era tan grande como ella esperaba. Se accedía por una puerta trasera a un pasillo central que dividía dos secciones de cinco bancas cada una, designadas para acompañantes y ciudadanos interesados en escuchar la audiencia. En los juicios de interés público, allí se sentaba también la prensa. Estas bancas eran separadas por delante por una baranda del área del juicio, formada por dos escritorios, uno a la izquierda para la parte acusadora y otro a la derecha para la parte acusada. Al frente de los escritorios se encontraba el escritorio elevado del juez. Delante de él, una mesa donde la estenógrafa capturaba todo lo que se decía mientras la audiencia estaba en sesión. A la derecha del escritorio de la parte acusada, a lo largo de la pared, se extendían dos bancas para los nueve miembros del jurado, que habían sido elegidos por el juez y los dos abogados una semana antes, de entre un grupo de 40 ciudadanos convocados al azar. Al lado del escritorio del juez, cerca del jurado, estaba el banquillo donde todos los declarantes hablarían y serían interrogados. Se percibía un penetrante aroma a pino del líquido limpiador con que trapeaban los pisos. Llegaba a ser desagradable, pero con la tensión que suscitaba la audiencia, pronto dejaba de percibirse.

Era evidente que Talina gozaba el momento, como si estuviera en un escenario. La miraban el juez y el jurado, su abogado y su asistente al mismo tiempo que Lizarrabengoa y Socorro Alanís. La estenógrafa estaba lista para capturar sus palabras. En las bancas para visitantes, Rodrigo, su esposo, la veía con atención junto con su hija Yolanda. Detrás de la mesa de la defensa, también en las bancas para visitantes, Elías la miraba con desprecio. Raquel no podía verla a los ojos. Le preocupaba no controlarse y comenzar a hacer expresiones faciales contraproducentes. Prefería fijarse en el escritorio del juez.

Con lágrimas en los ojos, contaba al jurado cómo en diciembre se encontraba colocando una serie para iluminar su casa cuando al llegar al techo por la escalera, Raquel se acercó y la jaló para que ella perdiera el equilibrio y cayera.

—Le grité que se alejara o llamaría a la policía porque estaba violando la orden de restricción.

—¿Con qué intención venía la acusada?

—Venía con toda la intención de hacerme daño.

—¡Objeción! —protestó Lizarrabengoa, poniéndose de pie —Esa pregunta lleva a la declarante a suponer una intención.

—Ha lugar —respondió el juez, indicando al jurado que ignoraran ese comentario y ordenando a la estenógrafa que lo eliminara de su registro al transcribirlo.

Como si nada hubiera ocurrido, Talina continuó su historia,

—Ella, Raquel —acusó señalándola con el dedo—, no hizo caso y jaló la escalera, obligándome a quedar colgando del techo, sujetándome con las manos hasta que caí. ¡De suerte no me maté con la caída! ¡Pero quedé bastante lastimada! Ya caída en el suelo, se me echó al cuello. Mi hija salió en ese instante y gracias a eso, no me estranguló.

Luego continuó diciendo al jurado cómo Raquel le había hecho la vida imposible poco tiempo después de mudarse a la casa de al lado hasta que tuvo que interponer una orden de restricción para protegerse de ella.

Raquel sentía que le ardían los oídos de la cólera. Comenzó a tensar su rostro y a frotarse las manos con nerviosismo por debajo del escritorio. Socorro Alanís lo notó y le tomó el antebrazo, como recordándole que debía mantener la calma. Ella captó su mensaje. Tenía claro lo que le había enfatizado su abogado acerca de mantener una expresión neutral mientras los demás hablaban, pero se daba cuenta de que le costaría trabajo. Sobre todo, si Talina continuaba mintiendo para convencer al jurado de su culpabilidad.

En la última banca, el padre Villaseñor sacó del bolsillo de su saco dos cordones de oración. Dio uno a sor Engracia y tomó él el otro con su mano izquierda. Instó con la cabeza a la religiosa a comenzar a rezar como le había indicado de camino al juzgado. Él comenzó a hacer lo propio, rezando mentalmente,

—Señor Jesucristo, Hijo de Dios… ten piedad de ella.

La monja no hacía nada. El sacerdote lo notó y le dio un ligero codazo. Comenzó entonces a rezar también por Raquel.

Talina continuó su monólogo y al final su abogado le hizo algunas preguntas con el afán de que ella enfatizara que no se sentía segura cerca de Raquel, que había violado la orden de restricción y que le había jalado la escalera para que cayera desde el techo.

Era el turno de Domingo Lizarrabengoa. Se ajustó la corbata, como hacía siempre que tenía que hablar en un juicio. Se puso de pie y se dirigió al jurado.

—Señoras y señores, saben ustedes que la justicia depende de la verdad. Es algo que tienen claro y por eso fueron seleccionados por el juez para intervenir en este juicio. Para llegar a la justicia a través de la *verdad*, es preciso dejar clara cuál es la *verdad*. Y para llegar a ésta, es necesario hablar con la verdad.

Se acercó a Talina para interrogarla.

—Señora Talina Suquet de Olmedo, ¿desde cuándo conoce a la señora Raquel Orozco de Tanús?

—Desde que ella y su familia se mudaron a la casa de al lado. En agosto del año pasado.

—¿Es cierto que en ese tiempo usted se presentó con ella y le ofreció su amistad?

—Sí.

—¿Es cierto que por aquellos días la señora Tanús le contó que su madre había fallecido de cáncer pancreático y usted le dijo que también su madre había muerto por la misma causa?

Talina se quedó callada, mirando a su abogado. Lizarrabengoa la apremió,

—¿Señora Olmedo?

—Sí, eso le dije.

—¿Es cierto que en realidad, su madre sigue viva?

Talina se quedó callada de nuevo, esta vez mirando a su marido, que la veía sorprendido. Lizarrabengoa la apremió de nuevo.

—¿Señora Olmedo?

—Bueno… es que yo pensé que también mi madre había muerto así.

—¿Y cómo puede alguien pensar que su madre está muerta cuando sigue viva?

—¡Objeción! —protestó el abogado de Talina—. Esto no es relevante para este caso.

—Ha lugar —consintió el juez.

Lizarrabengoa pasó al paso 2 del plan que llevaba en sus notas mentales.

—Señora Olmedo, ¿no es cierto que usted explicó a la señora Tanús que usted cometió un error pensando que también su madre había fallecido enferma de cáncer pancreático, y su confusión se debió a que padece usted de Alzheimer prematuro?

—Sí, eso… Así fue —respondió con alivio que poco le duró.

—-Díganos, señora Olmedo, ¿en verdad padece usted de Alzheimer?

Se quedó callada una vez más.

—¡Objeción! —reclamó de nuevo su abogado—. Insiste en preguntar sobre algo no relacionado con este caso.

—No ha lugar —rechazó el juez—. Señora Olmedo, responda la pregunta. ¿Padece usted de Alzheimer?

—No… Yo pensaba que tenía Alzheimer cuando se lo dije a Raquel.

—Pensó que su madre murió, mientras que sigue con vida… Y pensó que padecía de un Alzheimer que nunca tuvo. O mejor dicho, le dijo usted a la señora Tanús que su madre falleció cuando no ha muerto y le dijo que padecía un Alzheimer que nunca padeció. Díganos ahora… —dijo haciendo una pausa para crear suspenso y captar la atención de todos en la sala del juzgado. Miró atrás, a la banca donde se sentaba Rodrigo Olmedo y continuó preguntando a Talina sin dejar de verlo a él —¿Es cierto que le pidió dinero prestado a la señora Tanús porque su marido había perdido su empleo, Q15,000 quirinales para ser precisos, para pagar su tratamiento de lupus? ¿Quedó su marido desempleado en verdad?

Rodrigo abrió los ojos como platos sin poder ocultar su sorpresa. Su mujer respondió con voz débil.

—No.

—¿Padece usted de lupus o también piensa que está enferma de esa enfermedad sin estarlo?

—¡Objeción! —se quejó una vez más el abogado de Talina—. Esta pregunta es irrelevante a este juicio.

—Ha lugar —accedió el juez.

Lizarrabengoa habló, como pensando en voz alta, pero para que todos lo escucharan,

—Para llegar a la justicia a través de la verdad, es necesario hablar con la verdad… —Y miró a Talina —Señora Olmedo, ¿estaba sola en su casa el día del accidente?

—¡No fue ningún accidente! Esa mujer vino con la intención de hacerme daño.

—¿Sabía que venía a hacerle daño… o también *lo pensó*?

Talina lo miró con fuego en los ojos.

Lizarrabengoa concluyó mirando al juez antes de que Talina dijera nada.

— No tengo más preguntas, su señoría.

Era el turno de Raquel. Una vez que se retiró Talina, pasó a tomar asiento al estrado. Frotaba discretamente las palmas húmedas de sus manos en su falda, para que nadie notara que se sentía nerviosa. El juez sí lo notó y le sugirió servirse un vaso de agua. Ella dijo que se sentía bien así.

—Señora Raquel Orozco de Tanús —le dijo el juez en un tono neutral—, este juicio en su contra puede terminar en este momento, o puede proseguir hasta que el jurado determine su culpabilidad o su inocencia, dependiendo de su respuesta a estas preguntas: ¿Cómo se declara usted del delito de violación a la orden de restricción del cual la acusa la señora Talina Suquet de Olmedo?

—Inocente, señor juez —respondió Raquel, sintiendo que no había sonado tan contundente como Lizarrabengoa la había instruido. En el fondo, aun estando convencida de sus mejores intenciones aquel día, no se sentía segura de que de que la fueran a absolver por haber violado esa dichosa orden, y le angustiaba que la sentencia en ese caso no fuera la multa, sino el año en prisión.

El juez continuó,

—¿Cómo se declara usted del delito de asalto agravado del cual la acusa la señora Talina Suquet de Olmedo?

—¡Inocente!, señor juez. ¡Totalmente inocente! —afirmó ahora sí con contundencia.

—Siendo que se declara inocente de los dos delitos que se le imputan, debemos proceder con el juicio. Tiene usted derecho a defenderse de las acusaciones de forma personal o a través de su abogado, de presentar los testigos y evidencias que pudieran demostrar su inocencia, en tanto que la parte acusadora tiene derecho a presentar los testigos y evidencias que pudieran comprobar que sendas acusaciones son verdaderas. Será el jurado, formado por nueve ciudadanos de la Ciudad de Buenaventura que han sido cuidadosamente seleccionados, quien determine su culpabilidad o inocencia. En caso de ser declarada culpable, me corresponderá a mí, como juez de lo penal, fijar y dictar las sentencias que correspondan.

—¡Esto es una reverenda idiotez! —cuchicheó Elías a Bruno—. Según la ley todo el mundo tiene derecho a ser considerado inocente hasta que demuestre lo contrario y el juez le está pidiendo a Raquel, que ya se declaró inocente, que aguante ser considerada culpable hasta que ella demuestre su inocencia.

El juez los miró y golpeó dos veces con su martillo.

—¡Silencio en la sala! Si no guardan silencio absoluto durante la audiencia, tendrán que abandonar el recinto sin poder reingresar.

Raquel escuchaba sin poner atención. De alguna forma, su mente intentaba evadir esta angustiante realidad. El juez la instó, pues, a rendir su declaración o a pedir que su abogado lo hiciera en su lugar.

Ella misma relató lo que sucedió aquel día del accidente, desde su perspectiva y siempre mirando al jurado, como la había instruido el abogado. Lizarrabengoa consideró que había hecho una magnífica exposición de lo sucedido, hablando en un tono franco y detallando todos los pormenores. No consideró necesario hacerle preguntas por parte suya. Pero tocaba al abogado de Talina contra interrogarla.

—Señora Raquel Orozco de Tanús, ¿es cierto que

el sábado 3 de noviembre del año pasado usted encontró a la señora Olmedo y a su hija Yolanda en su vehículo aparcado en la calle y, al verlas, golpeó su auto?

—Lo que yo quería era hablar con Raquel porque en la parroquia me acababan de…

—Solo responda sí o no —interpuso con tono exigente el abogado—. ¿Ese día, golpeó el auto abordado por la señora Olmedo y su hija Yolanda?

—Sí.

—¿Es cierto que la señora Olmedo echó a andar entonces su vehículo y al intentar entrar al arrollo usted golpeó con más fuerza su vehículo?

—Yo solo intentaba...

—Responda sí o no, señora Tanús —le exigió el abogado alzando la voz.

—Sí —reconoció Raquel.

—¿Es cierto que el lunes siguiente elementos de la Policía de Buenaventura la visitaron en su casa para entregarle esta orden de restricción? —le dijo entregándole una copia.

Se acercó al escritorio del juez y le entregó otra, explicando —Su señoría, le hago entrega de la evidencia número 1 en contra de la señora Raquel Orozco de Tanús: copia de la orden de restricción con fecha de emisión del 5 de noviembre de 2018 y con vigencia de seis meses.

Leyó en voz alta la orden de restricción para el conocimiento del jurado. Luego volvió a Raquel.

—¿Comprendía usted que la orden de restricción expiraría el 5 de mayo del año en curso?

—Sí.

—Sabía entonces que el 4 de diciembre la orden de restricción seguía vigente.

—Sí.

—¿Tenía claro que no podía acercarse a 20 metros de la casa de la familia Orozco Suquet?

—Sí.

—Y sin embargo, el 4 de diciembre no solo se acercó a menos de 20 metros, sino que ingresó en la propiedad de la familia Orozco Suquet, ¿no fue así?

—Sí, así fue.

—¿Es cierto que la señora Olmedo le pidió que se retirara de su propiedad?

—Sí, pero…

—¿Es cierto que no solo una vez, sino en tres ocasiones, la señora Olmedo le pidió a gritos que se marchara?

—Entienda, estaba intentando…

—Responda solo sí o no, señora Tanús —la interrumpió el abogado—. ¿Es cierto que en tres ocasiones la señora Olmedo le pidió a gritos que se marchara?

—Sí.

—¿Es cierto que usted no hizo caso y se quedó en su propiedad?

—Sí —dijo bajando la mirada. Lizarrabengoa la había advertido de que estas preguntas serían inevitables y habían ensayado cómo responderlas con aplomo, pero sentía como si el abogado de Talina la tuviera a su merced. Esperaba su tiro de gracia.

—¿Es cierto que usted tenía en sus manos la escalera, separada de la pared, cuando la señora Olmedo cayó al jardín desde el techo de su casa?

—Sí.

Y mirando al juez, concluyó con satisfacción en su rostro.

—No tengo más preguntas, señoría.

# ~ 3 ~

El juez, siguiendo el proceso, ordenó un receso de una hora. Era tiempo suficiente para comer algo antes de volver a la segunda sesión, en que los testigos pasarían al estrado.

Al salir de la sala del juzgado, Raquel se sorprendió al ver en la última banca al sacerdote y a la religiosa. Pensó de inmediato que sor Humberta era una de las testigos que declararían en su contra. Ellos permanecieron de pie ante su banca, al lado de la puerta, aguardando a que Raquel pasara junto a ellos para salir.

—Padre Villaseñor, no esperaba verlo aquí.

—No podíamos dejarte sola, hija. Le pedí a sor Humberta que viniera conmigo para rezar juntos por ti durante la audiencia. Estamos rezando la Oración del Corazón, ¿no es así, hermana? —preguntó mirando a la religiosa.

La monja solo asintió con la cabeza, con su adusta mirada de siempre. Al menos, Raquel se quedó un poco más tranquila al saber que ella no declararía en su contra. El sacerdote le aseguró que estarían con ella el resto de la tarde, rezando durante la audiencia.

Dando una palmada en la espalda a Elías, Bruno se disculpó y aprovechó el receso para realizar algunas llamadas relacionadas con su trabajo. Echó unas monedas en una máquina de autoservicio que había en el pasillo y sacó una bolsa de papas fritas y un paquete de donas azucaradas. De otra, extrajo una gaseosa de cola.

Raquel y Elías almorzaron con el abogado y su asistente en una cafetería sin pena ni gloria a un lado de la comisaría. Ella no tenía apetito. Elías la forzó a comer la cuarta parte de un club sándwich reseco y desabrido.

La comida transcurrió más bien en silencio. Elías y Raquel permanecieron ensimismados. Socorro intentó hacer algo de conversación para bajar la evidente tensión, pero poco logró. Lizarrabengoa también permaneció callado, pensando y repensando las preguntas que haría por la tarde.

De regreso al juzgado, el abogado recordó a Raquel no cruzar palabra alguna con Talina y tener cuidado de no caer en ninguna provocación de su parte, pues el jurado estaría atento a todo.

Al entrar en la sala, Raquel notó que en una de las bancas se sentaba Ovsei Olhovich, vecino de la colonia. Un inmigrante ruso de 72 años que había llegado a Buenaventura hacía más de 40.

—Mira, Elías, el señor que vive detrás de Talina.

El señor vestía una camisa de cuadritos y un pantalón de khaki. Llevaba un saco café y una corbata tejida de moño, de color crema. Calzaba unos zapatos de gamuza, estilo borceguí. Su cabello canoso, la forma de su barba y sus anteojos redondos lo hacían parecerse al coronel del pollo frito.

—Apenas lo he visto unas cuantas veces, desde la ventana, cuando sale a su jardín a regar sus plantas. ¿Has hablado tú con él?

—Solo una vez que pasó frente a la casa cuando yo iba llegando. Es de Rusia, pero ha vivido acá muchos años. Se presentó con amabilidad, conversamos si acaso cinco minutos y continuó su camino. ¿Qué hará aquí?

—Eso quisiera saber yo también.

El abogado de Talina llamó al estrado a su hija, Yolanda. Más que preocupación o enojo, esta vez Raquel sintió tristeza al ver cómo esa mujer era capaz de involucrar a su propia hija en algo así. Se la podía ver por demás nerviosa a punto de ser interrogada. Era todavía una niña. Sacó de su bolso el cordón que le obsequió esa mañana el padre Villaseñor y comenzó a rezar sin prestar mucha atención a su oración, atendiendo más bien el testimonio de la adolescente.

—¿Puedes identificar en esta sala a la señora Raquel Tanús? —comenzó el abogado de su madre.

—Sí.

—¿Puedes señalarla?

Yolanda la señaló con su índice. Raquel la miró a los ojos y la jovencita no aguantó. De inmediato bajó su mano y también la mirada.

—Cuéntanos, Yolanda —la instó el abogado—, ¿cómo encontraste a tu mamá cuando saliste al jardín ese día?

—Estaba tirada en el césped. Me pareció que no podía respirar.

—¿Estaba con ella la señora Tanús?

—Sí.

—¿Cómo encontraste a la señora Tanús?

—De rodillas, inclinada sobre mamá.

—¿Viste las manos de la señora Tanús en ese momento?

—Sí. Tenía su mano derecha en el cuello de mamá.

—¿Qué pensaste o sentiste al verlas?

—Me asusté mucho.

—¿Qué pasó entonces?

—Mamá abrió los ojos. Me vio y me envió a llamar a la policía.

—¿Por qué?

—Porque Raquel, la señora Tanús, la había tirado de la escalera y porque estaba en nuestro jardín — explicó con la voz quebrada.

—¿Sabías tú que la señora Tanús tiene prohibido acercarse a tu casa?

—Sí.

—Y aun así, ¿la señora Tanús estaba dentro del jardín de tu casa?

—Sí.

—Gracias —dijo el abogado. Mirando al juez concluyó con satisfacción—. No tengo más preguntas, su señoría.

Raquel sintió que se hundía en su silla. Lizarrabengoa ajustó su corbata y se acercó al estrado. Comenzó sus preguntas más bien conversando con serenidad, bajando un poco la voz, sin que llegara a ser inaudible, para serenar a Yolanda. Tenía experiencia interrogando a menores y sabía cómo hacerlo.

—Me imagino que estudias la preparatoria.

—No. La secundaria.

—Ah, muy bien. De modo que estabas en casa ese día. ¿Por qué no fuiste a clases?

—Esa semana comenzaron nuestros exámenes semestrales. Nos dan dos días antes para estudiar en casa.

—¡Qué bien! Nunca sobra cualquier tiempo para estudiar para un examen, ¿verdad? ¿Por qué saliste al jardín ese día?

—Estaba en mi habitación, estudiando y escuchando música con mis audífonos. Me los quité un momento y escuché a mamá gritar fuera de la casa.

—¿Recuerdas qué gritaba?

—Sí, gritaba que se caía. Por eso salí.

—Dices que viste a la señora Tanús inclinada sobre tu mamá y que tenía su mano derecha sobre su cuello, ¿no es cierto?

—Sí.

—¿Qué hacía con su mano?

—Intentaba apretar el cuello de mamá para que se asfixiara.

—¿Tú la viste oprimir su cuello o solo tocarlo?

—Fue muy rápido, pero sí, estaba oprimiendo su cuello.

—¿La viste tú estrangulando a tu mamá?

—No, pero lo intentaba.

—¿Cómo sabes que eso intentaba?

—Porque mamá me lo dijo.

—*Porque tu mamá te lo dijo*... —enfatizó Lizarrabengoa mirando hacia el jurado.

—Tu mamá también te dijo que llamaras a la policía, ¿no es cierto?

—Sí.

—¿La llamaste?

—No.

—¿Por qué no?

—Porque Raquel me dijo que era mejor que llamara una ambulancia.

—Y, ¿por qué querría la señora Tanús que llamaras a una ambulancia si hubiera querido estrangularla ella misma? Si hubiera querido hacerle daño a tu mamá, ¿crees que se habría preocupado por ella?

—¡Objeción! —protestó el abogado de Talina—. Está orillando a la testigo a sacar conclusiones ella misma en vez de referir solo su testimonio de lo que sucedió.

—Ha lugar —confirmó el juez, instruyendo a Yolanda a no responder esa pregunta y a la estenógrafa a eliminarla de su registro. Luego, reprochó al abogado —Licenciado Lizarrabengoa: solo preguntas abiertas.

Socorro sonrió. Sabía que su prometido había formulado la pregunta con la certeza de que el otro abogado protestaría y que el juez cancelaría la pregunta, pero echa estaba y en voz alta, no para ser contestada por Yolanda, sino para sembrarla en la mente del jurado.

—Olvida mi pregunta, hija —le pidió en un tono muy amable a Yolanda, para que no le perdiera la confianza—. Nos estás ayudando mucho y todos te lo agradecemos. Tres preguntas más y ya, ¿te parece?

Ella asintió con la cabeza. El abogado le preguntó entonces,

—¿Por qué yacía tu mamá en el césped cuando la encontraste?

—Porque Raquel… porque la señora Tanús jaló la escalera para que mi mamá cayera y se lastimara.

—¿Tú viste a la señora Tanús cuando jaló la escalera?

—No.

—¿Cómo sabes entonces que fue ella quien la jaló y que lo hizo para que tu mamá cayera?

—Porque me lo contó mamá.

—*Porque te lo contó tu mamá…* —enfatizó Lizarrabengoa mirando hacia el jurado—. Gracias, linda —le dijo a Yolanda con una sonrisa amable. Remató mirando al juez —No tengo más preguntas, su señoría.

En las bancas de atrás, Elías suspiró y miró a Bruno, sentado a su lado. Le dijo en voz muy baja,

—Te lo dije, Elías. Es muy bueno este abogado.

En la última banca, el padre Villaseñor dijo al oído a sor Humberta,

—Me parece que las acusaciones de la señora Talina se desmoronan, ¿no lo cree, hermana?

La monja solo se encogió de hombros sin cambiar lo adusto de su rostro.

El juez ordenó un receso de 10 minutos y golpeó dos veces con su martillo. Bruno salió al pasillo a llamar a Alejandra y ponerla al tanto. Su esposa estaba que no podía con la ansiedad.

Elías se aproximó a la baranda que separaba las bancas de los visitantes de las mesas de los abogados. Se pusieron de pie Lizarrabengoa, Socorro y Raquel. Hablaron en voz baja, como equipo deportivo que planea su siguiente jugada durante un tiempo fuera.

—Parece que ha logrado que el jurado dude de la credibilidad de Talina, Domingo —dijo Elías complacido.

—Eso espero, Elías. Eso espero porque es lo que intenté lograr.

—¿Qué sigue ahora, licenciado? —preguntó

Raquel.

—Como les expliqué antes, después de los testigos viene la parte final de la audiencia. Dado que la única testigo ocular era la hija de Talina, el juez debería llamar a su abogado para que haga su declaración final. En el caso nuestro, podría yo hacer el cierre o usted misma, dirigiéndose por última vez al jurado. Dígame qué prefiere.

Raquel se quedó pensativa mirando a Elías.

—No sé, cielo. No sé qué sea más prudente…

—¿Le parece si lo decidimos cuando llegue el momento, licenciado? Dependiendo de cómo me sienta yo tras escuchar la declaración final del abogado de Talina, le diré si paso yo al estrado o si usted se dirige al jurado.

—De acuerdo, Raquel.

El juez volvió a su sede y todos a sus respectivos asientos. El alguacil se acercó y le entregó una forma. Acabalgó sus anteojos y la leyó. Golpeó dos veces con su martillo y anunció,

—Se reanuda la sesión. Pase al estrado a declarar el señor Ovsei Olhovich.

Raquel miró a su abogado con sorpresa. Lizarrabengoa tampoco esperaba que otro testigo declarara. Era evidente que había sido convocado a petición del abogado de Talina.

El vecino ruso ocupó su lugar en el banquillo del estrado. El abogado de Talina comenzó,

—Señor Ovsei Olhovich, ¿conoce usted a la señora Talina Suquet de Olmedo?

—Sí, la conozco desde hace 10 años… ¿11 tal vez? Cuando llegaron a ocupar la casa detrás de la mía solo tenían una hija, la jovencita que declaró hace un momento.

—¿Puede identificarla en esta sala?

—Sí, se encuentra sentada frente a mí —la señaló.

—¿Y a la señora Raquel Orozco de Tanús?

—No podría decir que la he tratado. Ella y su familia viven en la casa al lado de la señora Talina. Solo una vez hablé con ella, brevemente, pocos días después de que ella y su familia se mudaron al vecindario.

—¿Puede identificarla en esta sala?

—Sí, está sentada en el otro escritorio con su abogado y su asistente —afirmó señalándola.

—¿Qué tanto puede usted ver de la propiedad de la señora Olmedo desde su casa?

—La parte trasera de nuestros jardines está dividida por una barda de pequeños cipreses. Desde mi jardín trasero puedo ver el techo y la pared lateral de la casa de la señora Olmedo. Desde la ventana de una de las habitaciones de la planta superior puedo ver el techo y desde la ventana del baño, la parte de su jardín que da al de la casa de la señora Tanús, al igual que la pared lateral de la casa.

Lizarrabengoa dedujo que la explicación tan detallada que estaba dando en respuesta a la pregunta del abogado había sido ensayada previamente junto con él.

—¿Se encontraba usted en su casa ese día?

—Sí, como todos los días. Solo salgo a dar una vuelta a la cuadra por la mañana y otra por la tarde. Pero siempre estoy en casa.

—¿Escuchó algo inusual ese día?

—Me encontraba en la habitación del piso superior que da a la casa de la señora Olmedo. Como todos los días, me dedicaba a pintar un cuadro al óleo, cuando escuché gritos venir de afuera. Me asomé por la ventana, pero no veía nada. Los gritos eran de una mujer y parecían venir de esa casa.

—¿Pudo escuchar qué gritaban?

—Sí, escuche gritar "Te digo que te vayas".

—¿Qué hizo usted entonces?

—Me intrigó quién gritaba y a quién le ordenaban alejarse. Me alarmé un poco. No pudiendo ver más desde la ventana de mi estudio, fui al baño de la esquina para ver a través de su ventana.

—¿Qué fue lo que vio?

—Vi a la señora Olmedo colgada del techo y a la señora Tanús sosteniendo una escalera.

—¿La escalera que sostenía la señora Tanús estaba recargada a la pared de la casa?

—No, la sostenía en posición vertical separada de la pared —afirmó con seguridad.

—¿Qué pasó después?

—La señora Olmedo gritó "Me caigo" y cayó al jardín. Se dio un golpe muy fuerte.

—¿Qué tan fuerte fue el golpe?

—¡Objeción! —protestó Lizarrabengoa poniéndose de pie—. Está llevando al testigo a hacer una valoración sin bases.

—Ha lugar —aceptó el juez.

—Cambiaré la pregunta —accedió el abogado de Talina—. Señor Olhovich, ¿puede describir la forma como la señora Olmedo cayó al jardín?

—Fue muy rápido. Cayó de pie y de inmediato se desplomó de costado. Al final quedó boca arriba. Parecía inconsciente.

—¿Qué hizo la señora Tanús?

—Recargó la escalera en la pared y se arrodilló al lado de la señora Olmedo.

—¿Pudo ver sus manos?

—¿Las manos de quién?

—De la señora Tanús.

—Sí, las llevó al cuello de la señora Olmedo.

—En resumen, escuchó usted un grito de una mujer pidiendo a alguien más que se alejara. Después pudo ver a la señora Tanús sosteniendo una escalera alejada de la pared mientras la señora Olmedo pendía del techo de su casa, cayendo después en el jardín, pareciendo inconsciente cuando la señora Tanús se arrodilló a su lado y llevó sus manos a su cuello. ¿Es así?

—Sí, es lo que dije.

—Gracias, señor Olhovich. No tengo más preguntas, su señoría.

Raquel palideció y comenzó a sentir náuseas. El testimonio del vecino la incriminaba. Yolanda no vio el momento del accidente y al final su testimonio resultó estar basado en el cuento que le contó su madre. Pero Ovsei Olhovich vio solo el accidente. No vio nada de lo que sucedió antes, pero vio lo suficiente para que su versión confirmara lo que Talina alegaba.

Socorro le sirvió un vaso de agua a Raquel y Lizarrabengoa le dio dos golpecitos con la palma de su mano en el antebrazo para confortarla. Luego se ajustó la corbata cómo hacía siempre antes de sus intervenciones y se acercó al testigo.

En el fondo de la sala, el padre Villaseñor rezaba la oración del corazón con los ojos cerrados, pidiendo por Raquel con más intensidad. A su lado, sor Humberta rezaba a veces y otras más se concentraba en lo que sucedía en el estrado. La puerta de la sala, que estaba justo al lado derecho del sacerdote, se entreabrió. El padre sintió que alguien tiraba dos veces de la manga de su saco negro. Abrió los ojos y al notar que le pedían con la mano venir un instante, salió con discreción de la sala y cerró la puerta con delicadeza para evitar llamar la atención del juez.

Domingo Lizarrabengoa inició sus preguntas.

—Lo último que manifestó en el interrogatorio previo fue que vio a la señora Tanús arrodillarse al lado de la señora Olmedo y que la vio llevar sus manos a su cuello.

—Sí, eso fue lo que dije.

—¿Qué sucedió después?

—La hija mayor de la señora Olmedo salió al jardín.

—¿Y luego?

—No vi más. Es todo lo que puedo decir porque es lo que vi.

—¿Por qué no vio más?

—Porque llamaron a mi puerta. Esperaba a un plomero que llamé por la mañana para revisar una fuga de agua en mi cocina. Bajé a abrirle y me entretuve con él, mostrándole el problema. Lo dejé trabajando y subí de nuevo al baño para ver desde la ventana, pero ya no había nadie en el jardín.

—¿Cuánto tiempo transcurrió desde que bajó a abrirle al plomero y se asomó de nuevo por la ventana de su baño?

—No lo sé. Supongo que media hora al menos.

Socorro Alanís percibía cierta inseguridad en Domingo Lizarrabengoa. Como si de pronto se viera acorralado sin saber qué más preguntarle al testigo. La presencia de este testigo los había tomado por sorpresa a todos.

—Dice usted que se encontraba pintando en su estudio, que da a la parte trasera de la casa de la señora Olmedo, cuando la escuchó gritar.

—Es lo que he dicho antes. Usted me vuelve a

preguntar lo mismo que me preguntó ya el abogado —dijo irritado.

—Señor Olhovich, responda por favor. La defensa de la señora Tanús tiene derecho a preguntarle —le ordenó el juez.

—Sí, estaba pintando en mi estudio. Una vez más: escuché el grito de una mujer ordenando a alguien que se alejara y después vi desde mi baño que se trataba de la señora Tanús. ¿Debo contar de nuevo todo lo que ya expliqué? —respondió todavía con irritación.

—Antes de ese grito, ¿escuchó algo más? ¿Otros gritos que venían desde esa casa?

—Nada.

—Antes de ese grito, ¿escuchó en algún momento a la señora Raquel Tanús hablar con la señora Olmedo o a la señora Olmedo decir algo o gritar algo a la señora Tanús?

—En ningún momento.

—Haga memoria por favor, señor Olhovich, y recuerde que está declarando bajo juramento. Nadie aquí quiere que uno de los testigos sea acusado de perjurio. ¿Está seguro de que no escuchó nada más antes de ese grito?

—¡Ya le dije que no! —respondió exaltado—. Señor juez, ¿para qué me traen a testificar si no van a creer lo que digo? Lo que dije haber visto y oído es lo que vi y oí.

—Señor Olhovich, su deber es responder —aseveró el juez—. ¿Tiene más preguntas, licenciado Lizarrabengoa?

—No, señoría. No tengo más preguntas.

# ~ 4 ~

El juez golpeó dos veces con su martillo y ordenó un receso de 10 minutos, anunciando que volverían para que los abogados hicieran sus declaraciones finales ante el juzgado.

—Todo se está viniendo abajo. ¿Qué vamos a hacer? —preguntó Elías a Bruno. Su amigo no sabía qué responderle.

Lizarrabengoa volvió al escritorio y se sentó con Socorro Alanís y Raquel. Comenzó a revisar sus notas para repasar mentalmente su declaración final.

—Licenciado… licenciado… —escucharon que una voz llamaba al abogado detrás de ellos. Voltearon los tres y vieron a sor Humberta—. Lo buscan aquí fuera, es muy urgente.

Extrañado, se levantó y caminó hacia la puerta al fondo de la sala.

—¿Quién me llama?

—El padre Villaseñor me dijo que lo llamara y que le pidiera que se dé prisa.

Lizarrabengoa salió y Raquel acercó su silla a la baranda. Elías se inclinó sobre ella y le tomó las manos a su esposa.

Socorro Alanís miró su reloj nerviosa. Faltaban tres minutos para que volviera el juez y reanudara la audiencia. Luego, fijó la mirada en la puerta trasera, esperando que Lizarrabengoa volviera a tiempo. Ella no sabría qué decir si el juez reiniciaba la audiencia y el abogado de Raquel no se encontraba presente.

La puerta se abrió y el abogado entró a toda velocidad, dirigiéndose al alguacil. Socorro y Raquel lo miraron recibir de él dos formas que llenó a mano. Apenas se las entregaba al alguacil cuando entró el juez y todos se pusieron de pie. Luego, tomaron asiento y golpeó con su martillo dos veces, anunciando que la sesión se reanudaba.

Lizarrabengoa volvió a su escritorio mientras el alguacil entregaba una de las formas al juez. La leyó y anunció,

—Blanca Ornelas de Murillo, pase al estrado a declarar.

Sorprendida, Raquel miró atrás y la vio levantarse de una de las bancas traseras y avanzar hacia el estrado. Luego, miró a Elías que le devolvió la mirada igual de perplejo.

Domingo Lizarrabengoa se ajustó la corbata y se puso de pie.

—Señora Murillo, ¿puede identificar en esta sala a la señora Raquel Orozco de Tanús?

—Sí, es ella —señaló al frente.

—¿Cómo es que la conoce?

—Es mi vecina de enfrente. Además, somos amigas.

"*Amigas…*", pensó Raquel suspirando y mirando al techo. Blanca percibió su expresión y se sintió mal.

—¿Puede identificar en esta sala a la señora Talina Suquet de Olmedo?

—Sí, es ella —señaló en diagonal.

—¿Cómo es que la conoce?

—Hemos sido vecinas por algunos años. Vivimos en la misma calle.

—¿Dónde se ubica su casa exactamente, con respecto a la casa de la señora Olmedo?

—Mirando de la puerta principal de la casa de Talina hacia la calle, mi casa está a la derecha de su vecino de enfrente. Vivo exactamente frente a la casa de Raquel, que está al lado de la casa de Talina.

—¿Es posible ver el jardín de la señora Olmedo desde su casa?

—Desde una de las habitaciones del piso superior se ve por completo la parte del jardín que está junto al jardín lateral de la casa de Raquel. Pero no se alcanza a ver la parte trasera, pues la tapa la casa misma.

—Ya… ¿Dónde estaba usted al medio día del pasado 4 de diciembre?

—En mi casa.

—¿Qué hacía a esa hora?

—Los quehaceres de la casa, como de costumbre. Ese día me encontraba en la habitación de mi hija, cambiando las sábanas.

—¿Es la habitación desde la cual se puede ver el jardín de la señora Olmedo?

—Sí.

—¿Escuchó algo inusual mientras cambiaba las sábanas?

—Sí, escuché a Talina gritar que se caía.

—¿Se asomó usted por la ventana para ver qué ocurría?

—Sí. Vi a Talina parada en el último peldaño de una escalera, intentando detenerse del techo de su casa y pidiendo ayuda.

—Cuando usted vio a la señora Olmedo, ¿la escalera se hallaba recargada a la pared?

—No, estaba separada de la pared. Supongo que por eso perdió ella el equilibrio. La escalera estaba en posición vertical, detenida solo por los pies de Talina.

—¿Qué sucedió después?

Blanca se quedó entonces callada. Sintió una penetrante mirada que venía de los ojos de Talina. El abogado percibió su nerviosismo. Se acercó al banquillo y le sirvió un vaso de agua en la mesita de al lado. Se lo ofreció con amabilidad. Ella lo aceptó y bebió un poco.

—Continúe por favor, señora Murillo. ¿Qué vio usted después?

—Raquel descargaba algo de la camioneta de su esposo. Al ver a Talina, se dirigió a su jardín. Llegó donde la escalera y la sostuvo. Comenzaron entonces a discutir.

—¿Escuchó usted la discusión?

—Sí. Raquel le daba indicaciones a Talina para que no perdiera el equilibrio y ella le gritaba a Raquel que saliera de su propiedad.

—¿Qué sucedió después?

—Talina pateó en el aire para lanzarle un zapato a Raquel.

—¿El zapato golpeó a la señora Tanús?

—No. Cayó cerca de ella solamente.

—¿Qué hizo entonces la señora Tanús?

—Insistía en que Talina empujara con sus pies la

escalera hacia adelante para que quedara de nuevo recargada sobre la pared. Le ofreció detenérsela hasta que descendiera a la mitad y le aseguró que entonces se marcharía de su jardín.

—¿Intentó la señora Olmedo acercar con sus pies la escalera a la pared, como le indicaba la señora Tanús?

—¡Objeción! —protestó el abogado de Talina, poniéndose de pie—. Está llevando a la testigo a especular sobre las intenciones de la señora Olmedo.

—Ha lugar —concedió el juez.

—Preguntaré entonces de otra forma. Señora Murillo, ¿vio usted a la señora Olmedo empujar con sus pies la escalera hacia la pared de su casa?

—No me pareció que lo hiciera. Más bien la vi patear con su otro pie lanzándole a Raquel su otro zapato. Este sí golpeó su brazo. Fue entonces que Talina perdió por completo el equilibrio y se quedó colgada de un gancho que hay en el techo y que usa para fijar las series con que decora su casa en Navidad.

Blanca evitaba a toda costa mirar a Talina a los ojos. Lizarrabengoa se percató de esto y se puso de pie entre la línea visual de las dos, para proteger a su testigo de la presión de Talina.

—¿Qué sucedió entonces, señora Murillo?

—Talina permaneció suspendida del gancho solo unos instantes. Cayó al jardín y quedó recostada boca arriba. Raquel dejó la escalera y se acercó a ella para auxiliarla. Luego salió al jardín Yolanda, la hija mayor de Talina. Algo hablaron, pero no alcancé a escuchar. Yolanda volvió a su casa y Raquel a la suya.

—¿Hizo usted algo durante todo este tiempo?

—Sí. Tomé video con mi teléfono. El video está guardado en la tarjeta de memoria que le entregué antes de que entráramos a esta sala.

Un murmullo general se escuchó en la sala del juzgado. El juez golpeó con su martillo dos veces y el silencio se hizo de nuevo. Lizarrabengoa lo rompió,

—Señoría, solicito permiso de exhibir la evidencia número 1 a favor de la señora Raquel Orozco de Tanús ante el juzgado. Pido permiso para usar la computadora conectada al proyector de esta sala.

—Autorización concedida —accedió el juez.

—Antes de mostrar el video y en lo que el alguacil nos hace el favor de encender el equipo de proyección, puede decirnos, señora Murillo, ¿por qué grabó usted el video?

—Cuando vi que Talina estaba en riesgo de sufrir un accidente y que Raquel se dirigía a su casa, saqué mi teléfono y comencé a grabar pues sabía que ella estaba sujeta a una orden de restricción que le impedía acercarse a la casa de Talina. Pensé que sería bueno grabar el video en caso de que Raquel se metiera en algún problema y pudiéramos mostrar que ella había entrado a la propiedad de Talina con el único fin de brindarle auxilio. Al principio del video podrán ver cómo Talina se sostenía con los pies de la escalera que a ella misma se le había separado de la pared. El video inicia justo antes de que Raquel pise el jardín lateral de la casa de Talina.

—¿Cómo sabía usted que la intención de la señora Tanús no era otra, sino dar auxilio a la señora Olmedo?

—¡Objeción! —protestó el abogado de Talina.

—No ha lugar —rechazó esta vez el juez—. Responda a la pregunta, señora —instruyó a Blanca.

—Porque conozco muy bien a las dos, tanto a Raquel como a Talina —aseguró con lágrimas en los ojos—. Raquel es una persona buena y noble, capaz incluso de brindar auxilio a alguien que solo le ha hecho daño desde que se mudó a Buenaventura. Talina, por el contrario, finge ser amiga de las personas para mentirles y después traicionarlas... Pero no es necesario que yo diga más. El video confirma todo lo que he explicado y a fin de cuentas, es la evidencia definitiva de que mi amiga, Raquel Orozco de Tanús, es inocente.

# ~ 5 ~

Esa noche llegaron todos a la casa de Raquel y Elías. Salvo el padre Villaseñor y sor Humberta, vinieron Domingo Lizarrabengoa y Socorro Alanís, Alejandra y Bruno, y Blanca y Emilio. Querían celebrar. El video de Blanca fue suficiente para comprobar la inocencia de Raquel. El jurado la declaró inocente por unanimidad de la acusación por asalto agravado. Y pese a los esfuerzos del abogado de Talina por al menos inculparla por haber violado la orden de restricción, dadas las circunstancias en que esto sucedió, el jurado también la declaró inocente por unanimidad. La orden de restricción permanecería vigente hasta que expirara en la fecha señalada, solo ya por dos meses más a estas alturas. Pero difícilmente, aseguraba Lizarrabengoa, el juez accedería a que fuera renovada aunque Talina lo solicitara.

No hubo tiempo de preparar nada para sus huéspedes, así que Elías lo resolvió de la manera más sencilla y común: ordenó pizzas. El repartidor de la pizzería Don Corleone llegó con cuatro pizzas grandes: una Margarita con tomate, mozzarella y albahaca; una de cuatro quesos; una caprichosa con jamón horneado, alcachofas, tomate y champiñones; y una con camarones y anchoas, su favorita.

En medio de la conversación, Blanca pidió la palabra.

—Raquel y Elías: me da mucho gusto que todo haya resultado de la mejor manera y que se haya hecho justicia. Pero debo pedirles perdón y de todo corazón.

Todos la escuchaban atentos. Ella prosiguió,

—El día del accidente, apenas entró Talina en su casa, me llamó por teléfono. Acusó a Raquel de haber entrado a su jardín con el propósito de tirarla de la escalera. Me dijo que estaba decidida a meterla en prisión a toda costa. Como si fuera mi jefa o algo así, me ordenó que no te volviera a hablar. Después de saber todo lo que te había hecho padecer y, atando cabos, de convencerme de que la familia que vivía en esta casa antes que ustedes se marchó tan de repente porque Talina les hacía la vida insoportable también a ellos, me dio miedo… Mucho miedo…

Raquel se acercó y se sentó a su lado, rodeándola con su brazo.

—No sabía qué hacer, Raquel. Temía que si Talina me veía hablando contigo o recibiéndote en mi casa o si te daba el video para que te defendieras, tomara represalias contra mí o contra Norma o Emilio. Me sentía fatal. Cuando vi que llegó la patrulla a tu casa ese día, no paraba de llorar mirando detrás de mi cortina cómo te llevaban detenida. Lloraba de rabia, de impotencia, de miedo y de vergüenza por estarte dando la espalda. Sentí mucho alivio al verte volver a tu casa esa misma noche. Emilio me decía que tenía que entregarte el video. Incluso me sugirió ponerlo en un sobre anónimo y una noche meterlo en tu buzón, pero era evidente que estaba grabado desde mi casa. Talina lo sabría. El día del accidente, Emilio insistía en abrirle a Elías cuando vino a llamar a la puerta, pero yo lo convencí de no hacerlo.

—Elías, Raquel, también yo debo pedirles perdón por todo esto. En verdad han sido tiempos muy difíciles. También a mí me preocupaba la seguridad de Blanca y de Norma —dijo Emilio, claramente afectado.

—Prácticamente, nos hemos recluido desde entonces. No solo me aparté de ti, Raquel —continuó Blanca—, también lo hice de Talina. Por eso dejé de llevar a Norma a las clases de catecismo. No quería correr el riesgo de toparme con Talina en la iglesia. Todo este tiempo dejamos incluso de ir a misa a Santa Catalina Labouré. Ahora estamos yendo a San Judas Tadeo, aunque quede más lejos.

—Raquel le debe prácticamente su libertad, señora Murillo —aseguró Lizarrabengoa—. ¿Puedo llamarla Blanca?

—Por supuesto, licenciado.

—El abogado de Talina hizo preguntas para acorralar a Raquel. Estoy seguro de que él mismo tenía claro que era inocente, pero buen negocio le representaba la victoria del juicio a favor de Talina y por eso sus preguntas estaban limitadas a que Raquel confirmara la acusación de Talina y no más. Aun tratando yo de extender el contexto de los hechos que refirió la hija de Talina, el testimonio de su vecino de atrás complicó las cosas bastante. Pero el video resultaba inapelable.

—Le agradezco tanto a Dios que se me haya prendido el foco en el momento justo y haya comenzado a grabar ese video.

—Díganos, Blanca, ¿cómo fue que se animó a presentarse en el juzgado? —le preguntó el abogado, echándose atrás en su sillón, cruzando la pierna derecha y sosteniendo su rodilla con las manos entrelazadas.

—A decir verdad, no sabía yo que habría un juicio todavía. Cuando vi a Raquel volver la noche en que la llevaron detenida, supuse que ese mismo día la habían declarado inocente o cuando más, le habrían impuesto una multa y ya. Yo pensaba que solo la habría acusado Talina de haber violado la orden de restricción. Si fui al juzgado esta tarde, fue gracias a Alejandra.

—Y vaya que llegó usted a tiempo, Blanca —explicó Socorro Alanís—. Estaba declarando el último testigo y de ahí pasarían los dos abogados a concluir sus declaraciones. Si ha llegado más tarde, quizás no estaríamos cenando estas pizzas, ¿no es así, Domingo?

—Es probable que así hubiera sido. Por supuesto que, de haber sido declarada culpable Raquel, habríamos apelado y en un segundo juicio habríamos presentado el video y resuelto el problema. Pero en ese caso habría resultado inevitable que llevaran a prisión a Raquel en lo que se llevara a cabo el juicio de apelación y esto tardaría, por lo menos, seis meses.

—Puffff... —suspiró Raquel—. Solo de imaginarlo, se me enchina la piel.

—Yo que ya pasé por eso—, dijo Bruno, sumándose a la charla —te puedo decir que, en verdad, de la que te salvaste.

—Alejandra, ¿decía Blanca que tú tuviste que ver

con que ella se presentara en el juzgado? —le preguntó Elías.

—De camino allá, Raquel me contó que el día del accidente vio de reojo a alguien asomado desde la casa de Blanca. No sabíamos qué la había motivado a no volver a tener contacto con Raquel, pero intuíamos que algo sabían del accidente en su casa y pensamos que tal vez se escondían de ustedes por presión de Talina. Pero yo no podía más con los nervios. En cada receso, Bruno me llamaba y me ponía al tanto. Cuando me contó que el abogado de Talina se había puesto muy rudo al interrogar a Raquel, no aguanté más. Llamé a Blanca y le expliqué la situación con franqueza. Ella me contó que había visto todo y que hasta tenía el video, de modo que le advertí que en sus manos estaba que declararan a Raquel inocente o que fuera a la cárcel.

—Me contó Alejandra por las que tuvo que pasar ella para ingresar al penal a visitar a Bruno —complementó Blanca— y decidí que tenía que ir al juzgado pasara lo que pasara. No sé ahora cómo enfrentaremos a Talina. Por lo pronto, seguiremos evitándola a ella y a su familia.

—Hay un recurso legal que en este caso nos permitiría solicitar una orden protección a un testigo. Similar a la orden de restricción, aunque solicitada por motivos distintos, impediría que Talina se meta con ustedes. Al menos por seis meses, aunque se podría entonces pedir al juez una extensión. Si están interesados, llámenme y con gusto los ayudaré —ofreció Lizarrabengoa, sacando de su cartera una tarjeta de presentación y extendiéndosela a Emilio, que estaba de pie al lado de su sillón.

—Le agradezco, licenciado —respondió Emilio—. Mañana mismo me comunico con usted.

Socorro Alanís, solícita como siempre, se puso de pie.

—¿Alguien gusta un poco más de pizza?

—Yo de anchoas con camarón, si me haces favor, Socorro —le pidió Lizarrabengoa.

—¿Es molestia si me trae una rebanada de la caprichosa? —le respondió Alejandra, que a esas alturas era quien más confianza le tenía de todo el grupo reunido.

—De ninguna de las maneras —aseguró Socorro con una amable sonrisa. Se fue a la cocina y la charla entre todos continuó muy amena en la sala.

Raquel y Blanca se apartaron del grupo, se fundieron en un abrazo y lágrimas brotaron de sus ojos. Se soltaron cuando Raquel escuchó que se acercaban a la sala unos pasos sonoros, como de madera, que hacían eco en la duela del piso. Volteó atrás y miró a Socorro Alanís trayendo dos platos con pizza, con su blusa blanca de siempre, su falda negra de siempre… y unos zuecos rojos.

—Disculpe, Raquel. Después de tantas horas, los tacones altos me habían cansado y vi estos zuecos en la cocina, junto a la puerta que da al jardín. Me imagino que son suyos. Me tomé la libertad de tomarlos prestados, espero que no le importe. Mire… parece que calzamos del mismo número.

Raquel cerró los ojos y comenzó a reír de muy buena gana, como hacía meses no lo había hecho.

—Pellízqueme el brazo, Socorro, y dígame que esto no es un sueño.

# ~ 6 ~

El padre Villaseñor celebró la misa de 8 como todas la mañanas. Ofreció la Eucaristía en acción de gracias por el veredicto del jurado a favor de Raquel el día anterior. Al terminar, se quitaba los ornamentos en la sacristía mientras sor Humberta lavaba en el *sacrarium* las vasijas sagradas que se habían empleado en la Eucaristía. Tras guardarlas en una caja de seguridad que contenía solamente cálices, copones, patenas y una custodia para exponer el Santísimo, le pidió al sacerdote,

—Padre, necesito confesarme.

—Muy bien, hermana. Vaya al confesonario y prepárese con un examen de conciencia. En un minuto estaré con usted.

Se volvió a revestir con el alba que ya se había quitado y se ciñó de nuevo con el cíngulo. Tomó de un ropero una estola morada, besó su cruz bordada al centro, la colocó alrededor de su cuello y se dirigió al confesonario. Tomó su asiento y corrió hacia arriba la rejilla del lado izquierdo.

—Ave María Purísima.

—Sin pecado concebida. En el nombre del Padre, y del Hijo, y del Espíritu Santo. Amén.

—Dios, que ha iluminado nuestros corazones, te conceda un verdadero conocimiento de tus pecados y de su misericordia.

—Amén.

—¿Cuándo fue su última confesión?

—El mes pasado, padre.

—Dígame sus pecados.

Sor Engracia titubeó un poco. El presbítero estaba acostumbrado a esa reacción de los penitentes y aguardó con paciencia. Por fin se animó a hablar.

—Padre, me acuso de haber sido injusta con la señora Raquel. No solo injusta, pues la despedí del grupo del catequistas sin darle oportunidad para explicar su versión sobre una acusación que hoy entiendo que fue falsa. Fui además muy descortés, incluso cruel. No solo esa vez, sino siempre que he tratado con ella, lo he hecho con despotismo. Me confieso además de haber saltado su autoridad como párroco, tomando decisiones sin consultarlo. En concreto esa, que tuvo que ver con la señora Raquel. Debí llevar ante usted la queja que nos presentó la señora Talina y dejar que usted me guiara sobre cómo proceder, o que tomara usted cualquier decisión. ¿Es esta una forma de violar mi voto de obediencia?

—No precisamente, aunque sí es un pecado contra el 4o mandamiento y el principio de autoridad. Además, sor Humberta, fue un acto sumamente imprudente. Si me hubiera consultado, no habría usted despedido a la señora Raquel y, lo más importante, no la habría herido de esa forma. Nuestra labor como consagrados es llevar el amor de Cristo a los demás y no castigarlos con desprecio y para colmo, con injusticia.

—Lo tengo claro, padre. Y créame, estoy arrepentida. Por eso he querido confesarme. Ayer, durante el juicio, pude ver el tormento por el que pasaba la pobre señora Raquel por culpa de las calumnias de la señora Talina. Me sentí tan mal por ella y tan culpable de haber sido partícipe de ese tormento.

—Por eso la hice acompañarme al juzgado. Atestiguando en persona todo el dolor que se vive durante un juicio y más, cuando una persona es acusada de un crimen que no cometió, podemos apreciar el valor de la verdad y la importancia de ser caritativos con los demás.

—Fue una lección muy dura, padre. Llegué al juzgado de mala gana y confieso también, incluso como un pecado, que al principio llegué a alegrarme al ver a la señora Raquel sufriendo al enfrentar al abogado que la acusaba. Pero al pasar las horas, mis sentimientos cambiaron por completo. No soy de muchas sonrisas, pero sentí una gran alegría cuando el jurado la declaró inocente.

—¿Ha pensado qué la llevó a tratar de esta forma a la señora Raquel?

—Sí, padre. No hay mucho que pensar. Me acuso de haber maltratado a la señora Raquel, y no solo a ella, sino también a muchas de las señoras que vienen a misa a la parroquia y que han inscrito a sus hijos al catecismo estos años. Y me acuso de haberlo hecho por envidia. He sentido envidia de todas ellas y es un vicio que no he podido superar.

—Como sabe, hermana, la envidia consiste en

sentir tristeza por el bien ajeno. ¿Qué hay en esas mujeres que le cause tanta envidia, al grado de maltratarlas sin otra aparente razón?

—Que ellas tienen lo que yo no pude ni podré tener nunca en la vida: amor. Tienen un esposo que las ama y tienen hijos por quiénes dar la vida…

—Todos los religiosos echamos de menos de vez en cuando esa forma de vida. Pero el Señor nos ha llamado a servirlo entregando nuestra vida de otra forma. Usted lo sabe.

—No todos, padre. Solo quienes están aquí por una verdadera vocación. Ese no es mi caso. Yo no soy como Bertha, que desde la secundaria quería unirse a la congregación y tuvo que enfrentar a sus padres en la preparatoria para que se lo permitieran hasta que se salió con la suya. Tampoco soy como Engracia, que terminó su carrera de arquitectura para complacer a sus papás y poder ingresar a la congregación. No sé cuál sea la historia de la madre superiora, pero también ella vive su vocación con una alegría y una entrega ejemplares. No dudo que usted también esté aquí por haber respondido a una llamada clara del Señor. Pero yo estoy aquí por la fuerza.

—¿Cómo fue eso, hermana?

—Mi padre nos abandonó cuando yo tenía 5 años. Mi madre me crió con esfuerzos hasta mis 12, cuando murió. Mis abuelos maternos se hicieron cargo de mí. Cuando cumplí 15, me enamoré de un muchacho que estudiaba conmigo en la secundaria. Nos hicimos novios. Mi abuelo se enteró y no lo pudo consentir. Llevó las cosas al extremo y me mandó al convento de las pascualinas. Yo no quería, pero no tenía opción. No tenía más familia y no tenía a donde ir. Pasé los años en la congregación como por inercia. Cuando me di cuenta, estaba haciendo mis primeros votos.

Luego los renové una vez y después otra y otra más, hasta que hice mi profesión perpetua. Para colmo, al hacer mi primera profesión me dieron este nombre tan horrible, Humberta. Mi nombre de pila es Fátima, porque nací un 13 de mayo. Es un nombre tan bonito y es el nombre de la Virgen… pero he sido Humberta por 42 años.

El padre Villaseñor no pudo evitar reír para sus adentros. A veces, la vida religiosa juega bromas muy pesadas.

—Sor Humberta… Hermana, ¿por qué continuó renovando sus votos temporales? Si sabía que no era su vocación, pudo haber pedido no renovarlos más, sin mayor problema.

—Por miedo, quizás. No sabía hacer nada más que rezar, coser y cocinar. No puedo quejarme, pues las pascualinas me dieron preparatoria y me enviaron a estudiar Ciencias Religiosas a la universidad. Pero me daba miedo salir al mundo y no poder valerme por mí misma. Temía además que ningún hombre se fijara en una ex monja. Y los años siguieron pasando así, como le digo, por inercia, hasta que llegó el momento de hacer la profesión perpetua. Ahora es demasiado tarde. Aun si pidiera una dispensa especial para retirarme y me fuera concedida, ¿cómo puedo comenzar a vivir allá afuera a mis 60 años? Pero no importa. Lo que debo hacer es cambiar mi actitud tan amarga y entender que las demás madres de familia no tienen la culpa de lo que me ha tocado vivir. Debo aprender a ofrecerle a Dios esta cruz que se ha vuelto mi vida religiosa y hacerlo por las personas que sufren y que encuentre en mi camino. Sé que debo hacerlo y debo trabajar en ello. Estoy dispuesta, pero sé que me costará trabajo.

—Creo que no es necesario ya que yo la aconseje

en esta confesión, hermana Fátima. Usted misma lo está haciendo muy bien.

Una lágrima escurrió por la mejilla de la monja. Hacía muchísimos años que nadie la llamaba Fátima.

—¿Tiene algo más que confesar?

—No, padre. Pero quiero pedirle un favor. Debo trabajar en esta conversión pero sé, porque me conozco muy bien, que me costará mucho trabajo. No quiero seguir lastimando a gente buena que viene a esta parroquia. Si fuera posible, quisiera pedir un cambio en mi apostolado. Hablaré con la madre Lucrecia esta tarde, si usted me autoriza, y le pediré que me retire de la parroquia y me envíe un tiempo a la casa del noviciado.

—Tiene usted mi permiso. Ahora, si me concede usted el suyo, dado que esto me lo ha dicho en confesión, esta tarde haré una visita a la madre Lucrecia y le comentaré sobre su cambio de apostolado.

—Sí, padre. Eso me hará más fácil hablar con la madre Lucrecia.

—Ella es muy comprensiva. La entenderá, así que no se preocupe. Le impondré ahora una penitencia en satisfacción de sus pecados. La primera parte resultará muy sencilla para usted. La segunda, puede ser que no tanto, pero es necesario que la cumpla.

—Dígame, padre. ¿Qué debo hacer?

—Rece tres Rosarios: uno por usted, uno por la señora Raquel y otro por las otras señoras con quienes ha sido descortés en algún momento. Además, busque a la señora Raquel y pídale perdón. Es necesario que lo haga por el bien de las dos. Si algo guarda ella en su interior en contra suya, quedará sanado y ella quedará en paz. Y usted se sentirá también en paz tras pedir perdón. Verá que un gran peso se le quitará de encima.

—Sí, padre. Eso haré.

La monja rezó el Acto de Contrición y el sacerdote concluyó,

—Dios, Padre misericordioso, que reconcilió consigo al mundo por la muerte y la resurrección de su Hijo y derramó el Espíritu Santo para la remisión de los pecados, te conceda, por ministerio de la Iglesia, el perdón y la paz. Y yo te absuelvo de tus pecados en el nombre del Padre, y del Hijo, y del Espíritu Santo.

Dos días después, a media mañana, Alejandra visitó al padre Villaseñor. Él le pidió venir para presentarle a la nueva religiosa que habían mandado las pascualinas para dar clases de catecismo en sustitución de sor Humberta.

Al caminar por el atrio hacia la oficina parroquial, se cruzó con Estela, que caminaba de prisa.

—Buenos días, Estelita —la saludó.

—¿Y qué tienen de buenos, Alejandra? Dime, ¿qué tienen de buenos?

Le sorprendió el mal humor de la mujer. Venía que echaba humo por las orejas.

—Pues, ¿qué pasó?

—Nada, que vengo de hablar con Villaseñor. Me reprochó por tomarme, según él, atribuciones que no me corresponden. Dice que debí consultar con él y con el padre Miguel cuando la señora Talina se quejó de Raquel en lugar de tomar la decisión de expulsarla de los catequistas y de los ministros extraordinarios de la sagrada comunión. Por más que quise explicarle, no entendió qué hay muchas decisiones que he tenido que tomar por varios años para no llenarlos de trabajo. Ellos están para celebrar la misa y oír confesiones. Todo lo demás lo puedo hacer yo sin problema.

—Vaya, ¿qué le puedo decir? —le respondió Alejandra, solo por decirle algo, pues en el fondo, agradecía que por fin la hubieran puesto en su lugar.

Estela continuó sin escuchar a Alejandra,

—Es así como agradecen estos curas. Pero ¿sabes qué, Alejandra? Si no valoran mi ayuda, no tengo yo por qué estar aquí. Sobran parroquias dónde ayudar.

—¿Qué piensa hacer?

—Marcharme de aquí por supuesto. Y se lo dije a Villaseñor: "A partir de ahora, conmigo no cuente. Mañana mismo comienzo a ir a misa a San Judas Tadeo". Le ofreceré mis servicios al párroco de allá y estoy segura de que los aceptará y él si sabrá valorarlos. Eso es lo que una se saca por querer ayudar. ¡Por eso mismo dejé de ir a La Divina Providencia y me cambié a esta parroquia!

Alejandra se quedó callada, sin saber qué decir. Estela se despidió entonces,

—Me ha encantado conocerte, Alejandra. Gracias por ayudarme siempre en todo lo que te indiqué.

Dándole un beso en la mejilla, siguió su camino apresurada y abandonó la parroquia para no volver.

# ~ 7 ~

Habiendo vuelto la paz al hogar de Raquel, acompañó a Elías de compras la tarde del siguiente sábado. Blanca había invitado a Marianita a comer en su casa para que jugara un rato con su hija y después las llevaría ella misma al catecismo. Raquel le preguntó a su amiga si sería abusar de su confianza pedirle que Mariana se quedara en su casa y merendara con ella luego de volver de la iglesia. Ella accedió con gusto. Hacía tiempo que Elías y Raquel no se daban una escapada para tener un rato para ellos solos.

—Usted no es mucho de ir de compras, capitán Tanús. ¿A qué se debe esta inusitada urgencia?

—Bruno y yo quedamos en retomar nuestros juegos de raquetbol de los sábados a partir de la próxima semana. Esta vez, quiero hacerme de mi propia raqueta y dejar de jugar con la raqueta vieja que me prestaban en el deportivo. Además, Blanca cuida de Mariana y eso nos da la oportunidad de ir a cenar solos. Hagámoslo temprano para recogerla no muy tarde.

—Me parece una idea encantadora, Elías. ¿Sabes a dónde ir de compras?

—No tengo la menor idea, cielo. Creo que conoces tú la ciudad mejor que yo.

—Hay un centro comercial muy bonito que se llama Las Palmeras. Mis amigas… bueno, Blanca y esa mujer, Talina, me recomendaron un restaurante muy bueno en ese lugar que se llama Los Búhos. De seguro encontraremos antes una tienda deportiva donde comprar tu raqueta.

Recorrieron Las Palmas por completo, caminando sin prisa tomados de la mano, como cuando eran novios. Se detenían a mirar algún aparador que les llamaba la atención y entraron en algunas boutiques a curiosear. En la tienda de deportes, Elías compró una raqueta, un bote de pelotas de raquetbol, unos *goggles* para proteger sus ojos, y un combinado de camiseta y pantalones cortos blancos con vivos en morado y amarillo. Entraron a una dulcería que por fuera parecía la casa de dulces en que vivía la bruja de *Hansel y Gretel.* Le compraron a Mariana una gran paleta de caramelo trenzado en colores rosa y crema.

Comenzaba apenas a oscurecer. Elías pidió una mesa en Los Búhos y le dijeron que tendrían que esperar unos 15 minutos. Decidieron aguardar afuera, sentados en una banca en el atrio frente al gran espejo de agua que estaba flanqueado por palmeras separadas a unos 15 metros entre sí.

De pronto, comenzó a escucharse el segundo movimiento de *El invierno*, de *Las cuatro estaciones* de Antonio Vivaldi. Las fuentes del espejo de agua comenzaron a danzar, deteniéndose de pronto y disparando hacia arriba gotas de agua en sincronía con cada pizzicato del violín que simulaba la caída de la gélida lluvia invernal. Elías rodeó los hombros de Raquel con su brazo y la estrechó. Juntaron sus cabezas y contemplaron el espectáculo. El agua de la fuente que iba y venía al son de las hermosas notas de *La lluvia* hicieron que se le enchinara la piel a Raquel. Estaba siendo una tarde maravillosa. Por mucho, la mejor desde que llegaron a vivir a Buenaventura.

En Los Búhos, Elías cenó un suculento *ossobuco al prezzemolo*, servido sobre una cama de fetuccini humeante y bañado en su propio jugo. Raquel disfrutó una pasta *frutti di mare*, preparada a la crema con pulpo, camarón y mejillón. Tenían razón al recomendar este lugar para cenar en ocasiones especiales.

Salieron del restaurante cerca de las 7:30. Llegaron a casa poco después de las 8. Raquel cruzó la calle a la casa de Blanca mientras Elías guardaba el coche. Sacó de la cajuela la bolsa con sus compras y entró en casa. Al subir a su alcoba, percibió desde las escaleras un fuerte olor al perfume de Raquel. Le llamó la atención.

El aroma del perfume era más penetrante al ir subiendo. Al llegar arriba, notó que la luz de la alcoba estaba encendida. Se sintió sobresaltado pues habían salido de casa de día y las luces se habían quedado apagadas. Al llegar arriba, se detuvo un momento al lado de la escalera y dubitativo, decidió aproximarse con cautela a la habitación.

Mientras, Blanca le abría a Raquel la puerta de su casa.

—Hola amiga, espero que no sea muy tarde. Vamos llegando.

—Qué va. No son ni las 8:30. Pensé que habían

vuelto hacía rato, pues alcancé a ver por la ventana que las luces de su casa ya estaban encendidas. Supuse que estarían ocupados y que recogerías a Marianita tan pronto pudieras.

—¿Las luces encendidas? —le preguntó extrañada, volteando a su casa y notando que, de hecho, estaban apagadas.

Blanca miró a la casa de Raquel al mismo tiempo.

—Sí, fue hace como una hora.

—Pero si vamos llegando apenas… Y están apagadas.

—Te aseguro que estaban encendidas, Raquel.

Voltearon a la casa de Raquel de nuevo y vieron a Elías salir corriendo hacia ellas muy exaltado.

—¡Raquel! ¡Alguien entró a robar! ¡Quédate con Mariana en casa de Blanca! ¡Llamaré a la policía de inmediato!

Raquel sintió su corazón palpitar con fuerza y un nudo en el estómago. Blanca la hizo pasar a su casa de inmediato. Le sugirió no comentar nada a Mariana para no asustarla y le ofreció un té para calmar los nervios.

Desde la acera de la casa de Blanca, Elías marcó al 911 desde su móvil y reportó el robo. A los pocos minutos se escuchaba el ulular de dos patrullas que cada vez era más sonoro. Bajaron tres policías uniformados. Uno era el teniente Wenceslao Ordóñez.

—Quédese aquí, señor…

—Tanús, Elías Tanús. Ya nos conocíamos.

—Disculpe. No recordaba su apellido. Le decía que se quede aquí mientras inspeccionamos su casa.

—Adelante. Dejé la puerta abierta.

Los agentes entraron. Raquel miraba desde la ventana de la sala de Blanca mientras su amiga entretenía a las niñas, que intentaban acercarse con curiosidad a ver qué ocurría. Las luces de la casa comenzaron a encenderse mientras los policías la recorrían. Elías permanecía en la acera, sin moverse en lo absoluto, con las manos en los bolsillos. Emilio salió a hacerle compañía.

Pasó casi media hora. El tiempo les pareció eterno. Salieron los agentes y el teniente Ordóñez vino hacia Elías. Raquel los alcanzó para saber qué habían encontrado.

—¿Notó si falta algún objeto de valor? ¿Algún aparato electrónico? ¿Dinero que hayan guardado en un cajón?

—Para serle franco, no revisé la casa para ver qué se habían llevado. Los llamé porque mi esposa y yo estuvimos fuera toda la tarde, dejamos las luces apagadas y al volver a casa encontré la luz de nuestra habitación encendida y el espejo del tocador estrellado. Lo primero que pensé fue que un ladrón había entrado. Incluso, temí que siguiera dentro de la casa, escondido en algún armario o detrás de un mueble al escuchar que habíamos vuelto. Decidí salir a la calle de inmediato para no correr riesgos y llamarlos. Al abrir la puerta para salir, me di cuenta de que la cerradura no tenía seguro. Estaba la puerta cerrada así nada más y yo mismo la cerré con llave cuando salimos de compras. Eso me confirmó que alguien había entrado, aunque con todo y la prisa por salir, pude verificar que ni la puerta ni la cerradura se veían forzadas. Eso quiere decir que el ladrón entró por la puerta principal. No tenemos ventanas por donde alguien pueda colarse y la puerta por la que se entra a la casa desde el garaje estaba todavía cerrada con llave, como la dejé esta tarde.

—Y entonces, ¿cómo pudieron abrir la puerta

principal sin forzar la cerradura? —preguntó Raquel con nerviosismo.

—¿Alguien más guarda una copia de sus llaves? —preguntó el teniente—.

—Mi amiga Alejandra, pero ella es de toda nuestra confianza.

—Por lo que vimos, todo en su casa se veía en orden. Definitivamente no hay nadie escondido ahí dentro. Como dice su marido, el espejo de su tocador está estrellado. Quien sea que haya entrado, lo rompió con un frasco de perfume que se hizo pedazos y se derramó.

—¿Quién pudo ser? ¿Y, qué ganó con eso?

—Si en efecto nadie sustrajo ninguna de sus pertenencias, esto parece más bien un acto de vandalismo. Bastante inusual, pues usualmente los vándalos pintarrajean las paredes exteriores con grafiti, rompen ventanas o destruyen las plantas —explicó Ordóñez—. Es gente sin oficio ni beneficio, enojada con la vida y que pretende sacar su frustración dañando la propiedad ajena. Lo que es un hecho, es que alguien allanó su morada y eso es un delito.

—¿Qué hacemos entonces?

—Pediré a uno de mis compañeros que tome la declaración del señor Tanús y que se levante el acta correspondiente para el ministerio público. Hemos tomado fotografías de la casa, en especial de su habitación, del espejo estrellado y de los trozos de vidrio del espejo y del frasco de perfume

Imaginando que la noche sería muy tensa en nuestra casa y alcanzando a escuchar algo de lo que había explicado el teniente Ordóñez, Blanca improvisó un campamento con cobertores haciendo las veces de una tienda de campaña e invitó a

Marianita a que pasara la noche acampando con su hija. Raquel se lo agradeció guiñándole un ojo. Le devolvió un ademán con la mano sugiriendo que se fuera, quedándose tranquila por la niña.

Elías y Raquel entraron a su casa con cautela, como temiendo que el agresor siguiera dentro, pese a que el inspector les había asegurado que no había nadie ya. Él sacó su teléfono y comenzó a tomar fotos de todo a su paso. Quería tener su propio registro. Subieron a la planta alta lentamente y entraron en la alcoba. Había vidrios rotos por todas partes.

—Voy a traer una escoba y la aspiradora, Raquel. Debemos limpiar a conciencia para no cortarnos con un trozo de vidrio que pueda quedar en el piso.

Elías bajó y Raquel se quedó sola en la alcoba. Vio la botella de su perfume hecha añicos sobre el tocador y varios trozos de vidrio del espejo en el piso. Luego miró su propio reflejo en ese espejo de la luna del tocador estrellado. Parecía como si Raquel misma estuviera rota. Por instinto, miró a la ventana de la esquina para cerciorarse de que la cortina estuviera bien cerrada y Talina no pudiera ver desde su ventana… ¡Talina!

Bajó corriendo a buscar a Elías.

—¡Talina lo hizo! ¡Ella rompió el espejo!

—¿Estás segura?

—Sí. Necesito hablar con Blanca ahora mismo.

Tomó el teléfono y marcó a su casa.

—¿Raquel?, ¿todo bien?

—Me urge hablar contigo, Blanca. ¿Puedes venir a mi casa ahora mismo?

—El tono de tu voz me alarma, Raquel. Déjame avisar a Emilio y estaré contigo en un minuto.

Tan pronto llegó Blanca, la condujo Raquel de inmediato a su alcoba. Elías las seguía en silencio, esperando escuchar pronto alguna explicación.

—¡Qué barbaridad! ¿Quién pudo haber hecho esto? —preguntó Blanca al ver el espejo estrellado.

—Dice Raquel que fue Talina —respondió Elías.

—¿Cómo lo sabes, Raquel?

—Blanca, ¿recuerdas el libro de cuentos que encontramos en el ático?

—¡Es cierto! —recordó Elías—. El libro que encontraron sobre una niña y un espejo.

—Sí, en el que aparece el castillo que está pintado en la habitación de tu hija —agregó Blanca.

—Y en la habitación de la hija de Talina…

—¿Guardaste ese libro, Raquel?

—No, Blanca, lo tiré a la basura ese mismo día. ¿Recuerdas lo que decía la dedicatoria?. Mencionaba algo sobre un espejo roto.

—Recuerdo muy bien esa dedicatoria. Era de Talina para Ema, la hija de Roxana (la señora que vivió aquí antes que ustedes) y decía así: "La vida tiene sentido cuando aprendes a mirarte en un espejo. Cuando la vida deja de tener sentido, debes aprender a romper ese espejo".

# ~ 8 ~

A la mañana siguiente, Elías llevó a Mariana al Colegio Hermitage como de costumbre. Le pidió a su hija que esta vez salieran de casa media hora antes. Cuando llegaron, apenas abrían el portón del colegio. La niña dio un beso a su papá en la mejilla y echó a correr hacia el patio en busca de sus amigas.

Elías entró en la recepción, dio los buenos días a la recepcionista, que comenzaba a acomodarse en su escritorio y siguió su camino hacia la capilla. Se puso de rodillas de nuevo en la segunda banca de la derecha, al lado del pasillo central. Comenzó a orar con fervor, pidiendo a Dios que lo ayudara a discernir qué debía hacer ahora. Lo más lógico sería llamar a Lizarrabengoa para que los asesorara e interponer una denuncia en contra de Talina. Esto implicaría que la policía investigara y en caso de demostrar su culpabilidad, de irse a juicio de nuevo, esta vez en contra de ella.

Un nuevo juicio implicaría otros cuantos meses de estrés, de citas con Lizarrabengoa y de seguir pagando sus honorarios más los gastos de la corte. Él había hecho un buen trabajo en la defensa de Raquel, pero así como era de bueno, cobraba.

Vio que al pie de la imagen de la Virgen María, al lado del altar, había una canastilla con rosarios de plástico, en forma de anillo. Tomó uno y volvió a su banca. Él no acostumbraba rezar el Rosario. No conocía los misterios ni las jaculatorias ni la letanía lauretana, pero lo había rezado algunas veces en algunos velorios y sabía que tenía que rezar el Padrenuestro, las 10 Avemarías, el Gloria y repetir todo cinco veces. Confió que eso sería suficiente para la Santísima Virgen y con el rosario en el dedo, comenzó a rezar.

Llevaba unas cuantas Avemarías cuando salió de la sacristía el padre Antonio Aguilar. Se le acercó como la otra vez para saludarlo. Elías suspendió su oración y le preguntó al padre si tenía tiempo para conversar.

—Tengo una hora antes de tener que prepararme para la misa de la mañana, hijo. Dime en qué te puedo servir.

Elías le contó al padre un resumen de lo que habían padecido con su vecina desde que llegaron a Buenaventura, el daño que le había causado a su esposa en la parroquia, en el Hermitage mismo al no poder ella acercarse ni participar de los eventos escolares con su hija, del juicio en su contra y finalmente, de la agresión en su alcoba la noche anterior.

El sacerdote escuchó con empatía y atención. Elías le expuso las soluciones que tenía en mente y el padre le compartió su punto de vista. Luego lo aconsejó,

—Hijo, como dicen los hermanos en este colegio, porque así lo aprendieron de su fundador, san Marcelino Champagnat, nuestra buena Madre es nuestro recurso ordinario. Esto que me has expuesto, ponlo en sus benditas manos y dile que presente tus oraciones a su amado Hijo, Jesús. Sigue rezando tu Rosario y pídele al Señor que te ilumine y que guíe tus pasos. Tu corazón está muy cerca de la verdad, solo te falta un poquito para sentir la certeza plena de que harás lo mejor por tu familia. Nunca olvides esto que te digo: **Cuando alguien más actúa de forma injusta en nuestra contra, lo justo es hacer uno mismo lo que es correcto y grato a los ojos de Dios**. Eso es lo justo.

Elías rezó el Rosario como le sugirió el presbítero. Al salir, llamó al centro de capacitación de South Wind y anunció que llegaría un poco tarde esa mañana. Raquel estaba en casa, desayunando de nueva cuenta con Blanca como solían hacer los jueves. Saber que no estaba sola lo tranquilizaba y por eso se había animado a pasar un tiempo en la capilla y a buscar al padre Antonio. Pero sentía que Raquel no estaría segura a menos que cambiaran cuanto antes la cerradura de la puerta. Tal vez Talina tenía una llave porque la dueña anterior se la había confiado, como suelen hacer los vecinos entre sí, por cualquier cosa que se ofrezca en su ausencia. Ellos hicieron mal en no cambiar la cerradura apenas se mudaron y, lamentablemente, habían pagado caro su descuido.

Se dirigió a una ferretería y compró tres cerraduras nuevas: una para la puerta principal, por la cual había entrado Talina; otra, para la puerta de la cochera; y una más para la puerta de la cocina que daba al jardín. Contrató allí mismo un cerrajero para cambiarlas, que aseguró estar en su casa en una hora a más tardar.

Así pues, se dirigió al centro de capacitación de South Wind. Se encerró en su oficina y pasó el resto del día haciendo llamadas telefónicas.

Al salir del trabajo por la tarde, Elías se detuvo en un puesto de flores y compró un ramo de rosas blancas con claveles de color lila. Cuando se lo entregó la florista, cerró los ojos un momento y rezó, "*Señor, te ofrezco en sacrificio este ramo de flores que daré a Raquel. Recíbelo como ofrenda de mi amor y concédele a Raquel paz en su corazón por mucho tiempo*". Se sintió bien consigo mismo y agradeció haber conocido al padre Antonio. Se había tomado a pecho sus breves consejos, como este, y descubría que su vida de fe tomaba matices que él nunca hubiera sospechado.

Llegando a casa, sorprendió a Raquel con el ramo de flores. Ella lo abrazó y le dio un beso. Mientras acomodaba las flores en un florero, Elías le abrió su corazón.

—Cielo, no podemos continuar así. Es evidente que no no hemos librado de Talina. Tú en especial. Claramente, te quiso agredir a ti al romper tu espejo con tu propio perfume. Me inquieta, por lo que escribió en aquel libro del castillo, que esto pueda ser una advertencia, si no es que una sentencia de su parte en tu contra.

—Elías, me alarmas. Yo también lo he estado pensado todo el día y escucharte opinar de la misma forma me llena de espanto.

—Es momento de poner fin a esto. Debimos ponerlo hace tiempo… debí ponerlo hace tiempo…

—¿Piensas llamar a Lizarrabengoa? ¿O al inspector ese… Víctor Armenteros?

—No, Raquel. A ninguno —dijo, sentándose en un banco en la barra de la cocina.

—¿Entonces? ¿Qué piensas hacer?

—Cielo… volvemos a Puerto Real. Eso es lo que haremos.

—¿Volver a Puerto Real? —respondió sorprendida, dejando las flores y acercándose a Elías. —¿Y qué haremos allá? Ya no tenemos casa dónde llegar.

—Pondremos esta en venta para comprar una nueva en Puerto Real. Mientras la vendemos, rentaremos un apartamento y buscaremos una casa que te guste, cerca del rumbo donde vivimos antes.

—¿Y tu trabajo en el centro de capacitación de South Wind?

—Tendrán que buscar alguien que lo dirija. He hablado con la aerolínea y conseguí un cambio de área, como director de Servicios Aeroportuarios de South Wind en el aeropuerto internacional de Puerto Real. Será un trabajo enteramente distinto al que he hecho toda mi vida, pero me permitirá conservar mi antigüedad en la aerolínea y seguir gozando de los grandes descuentos que nos dan para comprar pasajes y seguir yendo de vacaciones a todas partes, como siempre hemos hecho.

Raquel se quedó en silencio, pensativa. Abrió la nevera y sacó el helado de vainilla que nunca faltaba en su casa. Sirvió dos bolas a Elías y una para ella. Luego exprimió una botella de chocolate amargo líquido sobre los helados y volvió a la barra de la cocina.

—Mi vida, esto ya lo habíamos discutido, ¿recuerdas? Ya me habías propuesto volver a Puerto Real, pero me opuse porque no quiero que pierdas este empleo. Tu pasión es volar y tuviste que dejar de hacerlo, muchos años antes de lo que planeabas, por tu problema con la presión alta. Al menos aquí puedes volar con los simuladores y…

—Por eso no te preocupes, Raquel. Tan sencillo como comprarme el último y más novedoso simulador de aviación para mi computadora. Podré seguir volando, o jugar a que lo sigo haciendo al menos, los fines de semana o por las noches un rato.

Raquel lo miraba atenta.

Elías continuó:

—Mira, he aprendido, con ayuda del capellán del colegio de Marianita, que cuando ya no podemos tener algo en la vida que nos gustaba mucho, debemos entonces darle gracias a Dios porque nos lo concedió. Y cada vez que añoremos aquello que ya no podemos hacer, debemos volverle a agradecer habérnoslo concedido. Así lo hago. De niño soñé con volar y Dios me lo permitió. Lo hice, lo tuve y se lo agradezco de corazón. Ahora, a lo que sigue.

—¿Y si nos cambiamos de casa aquí en Buenaventura?

—También lo pensé, Raquel. Pero tendríamos que conseguir otro colegio para Marianita y son demasiados cambios para ella. Al menos volviendo a Puerto Real, volverá a un sitio que conoce y con todos los amigos que dejó detrás. Además, esa loca de Talina es tan obsesiva, que seguramente daría contigo muy pronto.

—Es que no es justo, Elías —protestó con enojo —. No es justo que te sacrifiques por culpa de una loca que solo busca hacernos daño. ¡No es justo! Por eso pensé que lo mejor sería llamar al abogado o al inspector para interponer una denuncia y que pongan a Talina donde debe estar. Eso es lo justo.

—Cielo, eso implicaría un largo proceso. Tomaría

meses que investiguen y que la juzguen. Sería pasar más tiempo todavía, viviendo bajo estrés y sufriendo desgaste emocional. Ya lo vivimos una vez y no es necesario volver a pasar por eso. Además, tendríamos que seguir gastando en los servicios de Lizarrabengoa, que no son nada baratos.

—Y en los gastos de la corte —agregó Raquel.

—Así es. ¿Tiene sentido hacerlo? ¿Sería justo seguir viviendo presas del estrés, del enojo y del resentimiento? ¿Sería justo seguir gastando? No es justo que Talina quede impune, pero te voy a decir lo que sí es justo: justo es que ponga, como cabeza de nuestra familia, la paz y la integridad de nuestro hogar primero que todo; justo es que anteponga primero a ti y a nuestra hija, que mis gustos y mis sueños personales; justo es hacer lo correcto ante los ojos de Dios y como cabeza de familia, sacrificar la carrera que amé para darle a ustedes lo más importante: bienestar y armonía…

Elías se puso de pie, visiblemente conmovido. Una lágrima comenzó a rodar por la mejilla de Raquel.

—…Y justo es ofrecerle a Dios este sacrificio, pues lo hago por amor. Por amor a ti y por amor a Marianita. Raquel, tú ya has sacrificado bastante por mí y por mis gustos profesionales. Me toca a mí hacer un sacrificio por ustedes. Eso, Raquel, es lo justo y es lo que voy a hacer. "Cuando alguien más actúa de forma injusta en nuestra contra, lo justo es hacer uno mismo lo que es correcto y grato a los ojos de Dios. Eso es lo justo", como me enseñó el padre Antonio.

Raquel se levantó de su banco y se puso a espaldas de Elías, abrazándolo. Él le explicó,

—Tenemos el resto del mes, dos semanas apenas, para volver a Puerto Real. Pedí una semana de vacaciones al llegar para conseguir un apartamento.

Pero estas dos semanas que nos quedan en Buenaventura, serán de locura. Necesitamos empacar, llamar de nuevo a la mudanza, llamar al colegio donde Marianita estudiaba en Puerto Real y darla de baja acá, del Hermitage… en fin. Hay mucho por hacer, pero valdrá la pena.

—Elías, te amo con todo mi corazón.

—Y yo ti, cielo.

FIN

# EPÍLOGO

Tres semanas después, una van de color blanco se detuvo afuera del número 69 de la calle París. Descendieron el conductor, que era un hombre de unos 45 años y su esposa. Ella era rubia, con el cabello rizado recogido en una frondosa cola de caballo. Se quitó sus lentes oscuros y miró alrededor de la calle.

—Como puede ver, señora Holguín, es una zona muy bonita. Además, de todas las que hemos visto, es la más segura. Su hija podrá salir a jugar en su bicicleta sin peligro. He conducido mi auto por esta calle pocos días antes de que ustedes llegaran a la ciudad y noté que hay varios niños entre los vecinos. Estoy seguro de que esta es la casa que ustedes buscan. Entremos a verla.

Era obvio que Lugo, además de perspicaz, era buen vendedor. Quería también asegurarse de cerrar esa venta antes de que se le agotaran las opciones que tenía preparadas. Mientras digitaba la clave para abrir el compartimento que contenía la llave para los visitantes, la señora le preguntó:

—¿De modo que ya visitó usted esta casa?

—No, señora. Solo conduje por aquí para familiarizarme con el barrio. Quería estar seguro de que era un lugar adecuado para una familia, sabiendo que tienen una hija pequeña. En realidad, esta casa salió listada apenas el jueves pasado. Está recién puesta a la venta.

Al entrar, notaron que había cajas de cartón vacías y rollos de papel para envolver tirados en el suelo. En la sala había un sillón y en la cocina, dos sillas, trastos en los gabinetes, latas de comida y cajas de cereal abiertas en la alacena.

—Por lo visto, somos los primeros en visitar la casa.

—Eso parece, señora. Disculpe esta basura —dijo mientras intentaba recogerla—. Parece que los antiguos dueños salieron con prisa. Si no le interesan estos muebles que dejaron ni lo que hay en la cocina, puedo llamar a las Damas Vicentinas y enviarán una furgoneta a recoger todo y llevarlo a su centro de donaciones.

—La casa se ve en muy buen estado. Al menos la planta baja. ¿Podemos subir?

—Por supuesto, señor Holguín. Tengan la bondad de acompañarme.

Lugo subió por delante y los llevó al extremo derecho.

—Tengo entendido que esta era la habitación de la niña que vivía antes aquí. Estoy seguro de que le agradará a su hija cuando la vea.

La señora Holguín la inspeccionó.

—Tiene buen tamaño, pero las cuatro paredes pintadas en rosa se ven un poco aburridas. Tal vez deba llamar a mi amiga Cora para que pinte algún paisaje en una de las paredes… No sé, un castillo o algo por el estilo.

Salieron de la habitación y el señor Lugo les mostró las dos de en medio. Podían hacer de una un cuarto de TV y de la otra un estudio. Al final, les enseñó la alcoba, que fue de su agrado.

—Pues no se diga más. Claro, si los números nos cuadran. Pero esa decisión te la dejo ti, mi amor.

—Es una casa que entra en el presupuesto que ustedes me indicaron, señora. Si gustan, bajemos a la cocina para apoyarnos en su barra como escritorio y poder mostrarle los papeles a su esposo. Comprobarán que el precio es magnífico. De hecho, sorprendentemente barato para lo que vale una casa como estas. No crean que lo digo para presionarlos a comprar. Ustedes mismos comprobarán que el precio es ridículamente barato. A mí mismo me ha sorprendido.

Bajaron a la cocina. Lugo le mostró los papeles.

—Q500 mil quirinales. ¿Quién lo hubiera imaginado?

—Se lo dije, señor Holguín. Las casas que vimos ayer, salvo la última, rondaban los Q600 mil quirinales y eran de menor tamaño que esta. Además, está ubicada en una zona residencial mejor que las anteriores.

—Eso veo. Pues vaya que no solo la casa es perfecta para nuestras necesidades. Con este precio, podremos ahorrar muy buen dinero.

Empleando la barra de la cocina como escritorio, comenzaron a llenar los papeles para llevar a cabo la transacción. Mientras, la señora Holguín curioseaba por la cocina. A los pies de una puerta corrediza de cristal que daba al jardín, encontró unos zuecos rojos. Le llamaron la atención y decidió probárselos, solo por curiosidad.

—Mira, mi amor. Parece que la señora que vivía antes en esta casa dejó olvidado este par de zuecos. Por lo visto, calzamos del mismo número, ¿no te parece una extraña coincidencia?

Su marido la miró de reojo y no le prestó atención. Siguió revisando los numerosos papeles, llenando las debidas formas y al final, rubricando cada hoja del contrato y firmando los papeles para la hipoteca.

—Señor y señora Holguín, felicidades. La casa es suya.

Lugo estrechó sus manos, les entregó dos juegos de llaves y se despidió. Al salir a la calle, miró arriba, hacia la casa de al lado de la que ahora era propiedad de la familia Holguín. Su vecina observaba desde su ventana a la nueva dueña. Al ver salir al agente de bienes raíces, lo miró y sonriendo, le guiñó un ojo. Él se lo guiñó de vuelta.

# ACERCA DEL AUTOR

Mauricio I. Pérez es escritor y periodista católico. Ha dedicado su apostolado desde 1988 a la formación en la fe de adultos a nivel internacional, con presencia en prensa, internet, radio y televisión.

Periodista por la Pontificia Universidad Gregoriana en Roma, graduado con honores *Magna cum Laude.*

Diplomado en Sagrada Liturgia por la Universidad Pontificia de México. Además, ha realizado estudios de especialización en Sagrada Liturgia en el Pontificio Instituto Litúrgico del Pontificio Ateneo San Anselmo en Roma.

Diplomado en Teología Paulina por la Pontificia Universidad Católica de Chile.

Locutor del programa *Semillas para la vida*, al aire desde 2006.

YouTuber católico, presentador de los programas *Pasión por el Evangelio* y *El Club de los búhos.*

Como columnista de la revista *Northwest Catholic* de la Arquidiócesis de Seattle, ha sido premiado en 2016, 2021 y 2022 entre los tres mejores columnistas católicos hispanos por la Asociación de Medios de Comunicación Católicos a de Estados Unidos y Canadá (antes Asociación de Prensa Católica).

Autor de los libros (todos disponibles en Amazon):

**Sagrada Escritura**
Judas ¿Traidor o Instrumento de Dios? *Best Seller*
El Apocalipsis Pascual *Best Seller*

666 El Criptograma Apocalíptico *Best Seller*

**Espiritualidad**
¡Con Ganas de Vivir! *Best Seller*
Mantén Viva tu Esperanza
Un Pesebre en tu Corazón
Escucha, Jesús Habla desde la Cruz
Oraciones para una Gotita de Agua
Sucedió en Jerusalén *Best Seller*
Por los Caminos de la Fe
Nuestra Familia al Pie De la Cruz
Todo lo Puedo en Aquel que me Conforta

**Ficción**
Bajo la Lluvia
El Laberinto del Perdón

**En inglés**
Listen, It is Jesus Speaking from the Cross
Our Family at the Foot of the Cross
At the Foot of the Cross

Nacido en la Ciudad de México, es casado, padre de dos hijos, vive en el área de Seattle desde el año 2000. En el ámbito secular:

Ocupa un puesto directivo en una empresa de tecnología en la misma ciudad.

Ingeniero en Sistemas Electrónicos por el Instituto Tecnológico y de Estudios Superiores de Monterrey.

Diplomado en Ingeniería Astronáutica y Vuelos Humanos al Espacio por el Instituto Tecnológico de Massachussets (MIT).

Made in the USA
Monee, IL
26 April 2023

32406810R00163